Bärbel Schneider

Ich wollt´ ich wär´n Pog,
wo um de Eck könnt´ kieken

Mein ostpreußischer Onkel
und wie er seine Sicht auf die Welt veränderte

Bärbel Schneider

Ich wollt´ ich wär´n Pog, wo um de Eck könnt´ kieken

Mein ostpreußischer Onkel

und wie er seine Sicht auf die Welt veränderte

© 2024, Bärbel Schneider

Verlag: BoD • Books on Demand GmbH, In de Tarpen 42, 22848 Norderstedt

Druck: Libri Plureos GmbH, Friedensallee 273, 22763 Hamburg

ISBN: 978-3-7583-6944-5

Cover-Bild: Adobestock37730406

Inhalt

Vorwort

Den Satz „Ich wollt´ ich wär´n Pog, wo um de Eck könnt´ kieken", den habe ich von meinem Onkel Alfred. Damit drückte er aus, dass ihm das was gerade geschah, nicht geheuer oder nicht verständlich war. Auf Hochdeutsch lautet dieser Satz: „Ich wollte, ich wäre ein Frosch, der um die Ecke gucken kann."

Es hat eine ganze Weile gedauert bis wir uns gut verstanden, mein Onkel und ich. Über die Jahre wurde aus der ersten Abneigung meinerseits zunächst Toleranz, dann langsames Verständnis und Respekt füreinander. Und in unseren späteren Jahren, denke ich, liebten wir einander wirklich auf eine ganz besondere Art.

Und so ist dieses Büchlein im Kern eine Liebeserklärung an meinen Onkel Alfred und an Tante Margret, seine Frau, sowie an noch einige andere aus meiner großen, kunterbunten Familie. Und es ist ein Beweis dafür, dass selbst so eigenwillige Menschen wie Ostpreußen sich verändern können.

Gretchen, das Mädchen

Sie tat ihren ersten Schrei im Oktober des Jahres 1935, aber ihre Mutter konnte ihn nicht hören. Infolge einer Infektion in sehr jungen Jahren war Ella Sprute, geborene Lauerwald, schwerhörig geworden. Aber jetzt beobachtete sie ihre neugeborene Tochter aufmerksam und lächelte, als sie sah, wie sich das kleine Gesichtchen vor Anstrengung rötete und der kleine Mund sich öffnete. Aufmerksam forschend, mit ihren Händen und Augen, erfasste sie das Kind. Ja, alles war, wie es sein sollte. Zufrieden lehnte sie sich zurück. Sie war erschöpft. Wenngleich diese kleine Prinzessin es ihr, gemessen an ihren letzten drei Kindern, nicht allzu schwer gemacht hatte. Sie strich der Neugeborenen über die Stirn:
„Margret. Sie soll Margret heißen."
Dann nahm ihr die Hebamme das Kind aus den Armen und Ella schlief ein. Sie hatte das Ihre getan.
1935 war kein einfaches Jahr in Deutschland. Die Folgen des letzten Krieges waren noch längst nicht überwunden und am politischen Horizont zeichnete sich bereits neues Ungemach ab. Die Arbeitslosigkeit war hoch und viele Menschen hungerten. Der Familie Sprute ging es verhältnismäßig gut. Sie hatten ihr kleines Siedlungshäuschen mit dem großen Garten. Sie hatten einige Hühner und im Garten wuchs fast alles, was die Familie zum Essen brauchte. Ferdinand, Ellas Ehemann, hatte Arbeit als Tischler. Auch er war schwerhörig.
Das war die Welt, in die Margret hineingeboren wurde. Sie hatte zwei ältere Brüder, Karl-Heinz und Ferdinand jun., genannt Fred, und eine ältere Schwester, Emma. Margrets Mutter hatte nun also insgesamt vier Kinder zu versorgen: den neunjährigen Karl-Heinz, den fünfjährigen Fred, die

dreijährige Emma und ihre Jüngste, die neugeborene Margret.

Für Ferdinand sen. war Margret seine kleine Prinzessin. Er liebte diese Tochter Zeit seines Lebens ein ganz kleines bisschen mehr als seine anderen sechs Kinder. Wobei er allen sieben Kindern, die seine Frau zur Welt gebracht hatte, ein aufmerksamer, besorgter und liebevoller Vater war.

Die genannten Zahlen deuten es schon an: Margret war nicht das letzte Kind ihrer Eltern. Zwei Jahre nach ihr wurde Hannelore geboren. Dann war eine Pause von fünf Jahren bis Erika zur Welt kam und weitere drei Jahre später schloss Karl-Heinz, genannt Bübchen, die Reihe endgültig ab.

Nein, der letzte und der erste Karl-Heinz sind kein Schreibfehler und auch kein gedanklicher Schnitzer der Autorin. Karl-Heinz, der Ältere, war ein sogenanntes lediges Kind, über dessen Vater nichts weiter bekannt ist. So etwas soll in den alten Zeiten häufiger vorgekommen sein. Denn Ella war als ganz junge Frau in Diensten, wie man damals so sagte. Diese Dienste fanden zumeist im Haushalt statt, wurden aber wohl auch gelegentlich vom Herrn des Hauses, oder auch den älteren Söhnen, anderweitig in Anspruch genommen. Hatten diese nicht haushaltstechnischen Dienste Folgen, wurden die jungen Damen zum Gebären aufs Land geschickt und mussten sich dann einen anderen Arbeitsplatz suchen. Ella hatte Glück. Sie lernte Ferdinand kennen und er heiratete sie, als Karl-Heinz, der Ältere, schon geboren war. Karl-Heinz, der Ältere, war also ein Halbbruder von Margret. Als Karl-Heinz, der Jüngere, 1945 geboren wurde, galt der ältere Karl-Heinz in den Wirren des zweiten Weltkrieges als verschollen. Die letzte Feldpost war aus den Ardennen gekommen und seit mehr als einem Jahr hatte man zu diesem Zeitpunkt nichts mehr von ihm gehört. Ella Sprute hatte die Traurigkeit um den vermeintlichen Verlust des Erstgeborenen fest in eine dunkle Kammer in ihrem Herzen gesperrt. Das Tor zu dieser Kammer ging etwas auf, als ihr Jüngster geboren wurde.

„Ich will meinen Karl-Heinz zurück,"

waren die Worte nach der Geburt, bevor sie, dieses Mal sehr erschöpft, einschlief.

Ferdinand Sprute pflegte die Wünsche seiner Frau zu achten und so wurde der Jüngste auf den Namen Karl-Heinz getauft. Was das in beiden Söhnen bewirkte, als sie sich etwa drei Jahre später erstmals gegenüberstanden, ist nie wirklich herausgekommen. Karl-Heinz, der Ältere, starb mit sechsundvierzig Jahren an Krebs und hat sich zu diesem Thema nie geäußert, jedenfalls ist es nicht belegt. Karl-Heinz, der Jüngere, war wohl noch zu jung um zu begreifen, als er seinen älteren Bruder gleichen Namens kennen lernte. Der Namensgleichheit ist es wohl auch zuzuschreiben, dass Karl-Heinz, der Jüngere, zeit seines Lebens Bübchen gerufen wurde. Seine zahlreichen Nichten und Neffen nannten ihn Onkel Bubi und Margret, seine große Schwester, machte daraus von Zeit zu Zeit ein zärtlich-verspieltes Bubela.

Margret wuchs heran. Sie lernte gut und gerne in der Schule. Weiterführende Schulen waren aber für Mädchen zu der Zeit und in den Gesellschaftskreisen der Sprutes nicht vorgesehen. So ging sie zunächst nach dem Schulabschluss in einer Wäscherei arbeiten. Aber das gefiel ihr nicht gut. Sie wollte sich gerne mit Kindern beschäftigen und machte sich auf die Suche nach einem entsprechenden Arbeitsplatz. Sie bewarb sie sich um eine Stelle bei einer sehr wohlhabenden Familie im Haushalt.

Dort wurde sie eingestellt und war fortan für vielerlei Aufgaben im Haus zuständig und kümmerte sich auch noch gerne um die vier Kinder. Bei dieser Familie, bei der sie auch wohnte, blieb sie bis zu ihrer Eheschließung. Für die Familienmitglieder war sie von Anfang an Gretchen. Sie gehörte zur Familie und wurde an Weihnachten und zum Geburtstag großzügig beschenkt. Aber natürlich hat sie für ihr Geld auch hart arbeiten müssen.

An ihren freien Tagen kam sie mit dem Fahrrad nach Osterholz, dem Ortsteil von Bremen, in dem sie und ich geboren wurden. Sie besuchte ihre Eltern und sehr oft auch meine Eltern und mich.

Karl-Heinz der Ältere und Margret standen sich immer sehr nahe und Margret liebte Kinder über alles. Da traf es sich ganz wunderbar, als Karl-Heinz und seine Frau, inzwischen wohnhaft im Hause der Sprutes unter dem Dach, ein Töchterchen bekamen. Und so wurde Margret meine verehrte und heiß geliebte Patentante.

Meine schöne Tante Margret in jungen Jahren

Und dann kam Onkel Alfred

Wenn ich mich heute an Onkel Alfred, den Ehemann meiner Patentante, erinnere, dann tue ich das mit den unterschiedlichsten Gefühlen. Ein vergnügtes Lächeln krabbelt in meine Mundwinkel, wenn mir die Geschichten, die er erzählt hat, wieder einfallen. Manchmal knäult sich in meinem Bauch graublaue Wut zusammen, wenn ich mich daran erinnere, wie er zeitweise meiner geliebten Tante das Leben schwer gemacht hat. Aber mein Herz ist auch voller Freude, wenn ich an die vielen gemeinsamen Erlebnisse und Reisen zurückdenke. Und wenn ich daran denke, wie sein Leben zu Ende ging, dann bin ich traurig und fühle noch einmal mit meinem ganzen Körper die Ohnmacht und die Hilflosigkeit angesichts seines Leidens. Onkel Alfred war gradlinig und ehrlich. Diplomatie war ganz und gar nicht sein Metier. Er war liebenswürdig, humorvoll, hilfsbereit und großzügig. Aber es gab auch andere Charakterzüge an ihm. So war er zuweilen jähzornig, rechthaberisch und gelegentlich auch gewalttätig. Das alles machte eben Onkel Alfred aus.

Vielleicht hätten wir alle ihn besser verstanden, wenn wir uns schon bei seinem Eintreffen in unserer Familie darüber im Klaren gewesen wären, wo er herkam und welche Geschichte er mitbrachte. Aber in den 60er Jahren des letzten Jahrhunderts hatten die Menschen für solche Dinge noch gar keinen Sinn. Sie hatten andere, ganz reale Probleme.

Onkel Alfred kam von weit her

Onkel Alfred wurde am 13. Juli 1934 in Klaipeda, Ostpreußen, geboren. Ostpreußen war zu jener Zeit ein Teil Deutschlands. Heute bilden große Teile des ehemaligen Ostpreußens das Land Litauen. 1945 verlor Deutschland den zweiten Weltkrieg und in Ostpreußen marschierten gegen Ende des Krieges die Russen ein. Der russischen Armee eilte ein schlimmer Ruf voraus. Grausam und rücksichtslos seien deren Soldaten, auch gegen Frauen und Kinder, so hieß es. Was deutsche Soldaten in diesen Zeiten in Russland getan hatten, darüber wird bis zum heutigen Tag nicht so gerne geredet.

Aus Angst vor den Russen flohen viele ostpreußische Familien mit Kind und Kegel – und das zumeist zu Fuß - im Winter 1944/45 in Richtung Westen.

Onkel Alfred war zu diesem Zeitpunkt zehn Jahre alt. Damit war er nicht mehr jung genug, um das Ganze als Abenteuer aufzufassen, aber auch noch nicht alt genug um das, was er auf der Flucht und danach erlebte, zu verstehen und zu verarbeiten. Wenn es überhaupt zu verstehen ist, dass nach einem sinnlosen Krieg tausende von Zivilisten zu Fuß durch den wohl kältesten Winter des Jahrhunderts ihre Heimat verlassen wollten oder mussten. Häufig hatten sie nur dabei, was sie am Leibe trugen. Manche führten Handwagen mit einigen, wenigen Habseligkeiten mit. Wie viele Menschen auf dieser Flucht ihr Leben verloren – hauptsächlich Alte, Kranke und Kinder – werden wir letztendlich nie erfahren. Sie starben an der

Kälte, am Hunger und vielleicht auch am gebrochenen Herzen, verursacht durch den Verlust der Heimat, der Lieben und ihrer Tiere.

Von Klaipeda im heutigen Litauen nach Embsen bei Achim in Niedersachsen sind es circa eintausenddreihundert Kilometer! Den größten Teil des Weges war die Familie von Onkel Alfred zu Fuß unterwegs. Sie waren zu fünft, die Eltern des Onkels und seine beiden älteren Geschwister Hans und Hanna. Und hier in Embsen sollten sie nun ein neues Zuhause finden. Die Leute in Westdeutschland waren aber zumeist gar nicht gut auf die Flüchtlinge zu sprechen. Die Einheimischen hatten ihre eigenen Probleme. Es gab sehr viele zerbombte Häuser. Es gab wenig zum Essen, kaum Kleidung und Heizmaterial. Es gab tote und vermisste Ehemänner, Väter, Brüder. Und zu all diesem Mangel und den Schicksalsschlägen kamen jetzt auch noch die Flüchtlinge und die Heimatvertriebenen aus Ostpreußen, Schlesien und dem Sudetenland. Insgesamt waren es mehrere Millionen Menschen, die den Leuten in Westdeutschland als Fremde erschienen. Sie sprachen Dialekte, die man nie zuvor gehört hatte. Sie sahen erschöpft und ärmlich aus. Sie, die Flüchtlinge, wurden häufig in ländlichen Gebieten in freien Wohnraum einquartiert. Freier Wohnraum, das war zu jenen Zeiten ein leerstehendes Haus, eine Halle, eine Scheune und ähnliches.

Insgesamt gesehen, waren das sicher nicht die besten Voraussetzungen für die Flüchtlinge, sich in der neuen Heimat von Anfang an wohl zu fühlen. Können wir uns heute vorstellen, wie sich ein zehnjähriger Junge zu dieser Zeit, unter diesen Umständen gefühlt hat? Dass die Fremden zunächst alles andere als willkommen waren, bemerkten wahrscheinlich die Kinder am deutlichsten. Es dauerte eine Weile bis sie in dieser, für sie fremden, neuen Gesellschaft, ihren Platz gefunden hatten. Und für die Bemerkung „dreckiger Flüchtling" gab es dann auch schon einmal etwas auf die Nase der Einheimischen. Denn so etwas ließen sich weder Onkel Alfred noch sein älterer Bruder Hans, gefallen. Ihr Recht und ihre Meinung haben sie Zeit ihres Lebens – soweit die Kräfte eben reichten – immer wieder verteidigt.

Bald nach der Ankunft der Flüchtlinge erkannten die Einheimischen aber, dass diese Neuen fleißig waren und harte Arbeit nicht scheuten, die sie aus ihrer Heimat gewohnt waren. Und so näherte man sich allmählich an. Arbeitskräfte waren durch den Krieg rar geworden und viele Männer waren, so kurz nach Kriegsende, noch immer in Kriegsgefangenschaft. Da waren die Flüchtlinge willkommene Hilfe in der Landwirtschaft und beim Wiederaufbau. Auch Onkel Alfred hat am Ende mit Stärke und Fleiß seinen Platz in der Dorfgemeinschaft gefunden. Er lernte, er arbeitete, er spielte Tischtennis im Verein. Er lebte sich ein. Soweit man so etwas eben sagen kann. Denn im Herzen blieb er ein Flüchtling, wie in dieser Geschichte noch häufiger zu sehen sein wird.

Heute wissen wir, dank der Bücher von Sabine Bode, etwas mehr über die Menschen aus Onkel Alfreds Generation. Durch die Lektüre dieser Bücher können wir heute unsere Eltern, unsere Großeltern und letztlich auch uns selbst besser verstehen, soweit wir Nachkommen von Flüchtlingen sind. Erst jetzt verstehe ich zum Beispiel, warum Onkel Alfred Lebensentwürfe, die anders als seine eigenen waren, zutiefst suspekt waren. Er konnte wirklich ziemlich ungemütlich werden, wenn Menschen etwas anders machten, als er es für gut und richtig hielt. Da war sie dann wohl immer wieder, diese tiefsitzende Angst, die er nie benennen konnte: Da ist etwas anders, verändert sich. Womöglich werde ich wieder alles verlieren, was mir lieb und teuer ist und ich werde mich selbst in einer unfreundlichen Fremde wiederfinden. Zuzeiten reagierte er möglicherweise deshalb mit unerfreulichen Gewaltattacken, obwohl er im Grunde wirklich ein herzensguter Mensch war.

Anfang der 60er Jahren des letzten Jahrhunderts hatten die Menschen also alle Hände voll damit zu tun, das Land wieder aufzubauen. Es gab viel Arbeit für tüchtige Handwerker und sie verdienten – für damalige Verhältnisse – recht gut. So brachte es Onkel Alfred schon bald zu einem eigenen Moped, mit dem er am Wochenende gerne zu Tanzveranstaltungen in die Nachbardörfer fuhr. Bei einer dieser Gelegenheiten lernte er meine Patentante Margret kennen und fand so Zugang zu unserer Familie.

Meine Familie zu Anfang der 60er Jahre

Zu jener Zeit, als Onkel Alfred in unsere Familie kam, bestand diese aus meinen Eltern, mir und meinen jüngeren Geschwistern Lieselotte und Rolf. Ich war ungefähr acht Jahre alt, Lotti knapp drei und Rolf ein knappes Jahr. Mein Vater war gebürtiger Bremer, meine Mutter war mit ihren Leuten aus Schlesien gekommen. Die Familie meines Vaters habe ich bereits vorgestellt. Meine Mutter war das vorletzte Kind meiner Oma Brumm. So hieß die Oma natürlich nicht wirklich. So nannte ich sie nur als Kleinkind, weil sie immer mit dem Bus kam. Brumm halt. Der dazugehörige Opa war zwar aus Schlesien mitgekommen, aber die Steinstaublunge, eine Berufskrankheit der Bergleute, hatte ihn noch vor meiner Geburt dahingerafft. Oma Brumm hat in ihrem Leben elf Kinder zur Welt gebracht. Das Letzte – uns nur unter dem Namen „die Kleine" bekannt, starb kurz nach der Geburt noch in Schlesien. Als der Krieg vorüber war, hatte meine Oma Brumm noch drei Kinder: ihre erste Tochter Elisabeth, die wir alle Tante Liesel nannten, Onkel Kurt, der ein Jahr älter als meine Mama war und eben meine Mutter.

Bis zu dem Zeitpunkt, als Onkel Alfred auftauchte, hatte meine geliebte und vergötterte Patentante fast immer Zeit für mich. Sie arbeitete bei der schon erwähnten Familie im Haushalt und an ihren freien Tagen kam sie mit dem Fahrrad, sie spielte mit mir, sie ging mit mir spazieren und im Sommer gingen wir zusammen baden. Sie nahm mich ernst. Sie erklärte mir die Welt und war unendlich geduldig. Sie brachte mir Bücher und Spiele. Bei ihr hatte ich immer das Gefühl, dass ich für sie sehr wichtig bin. Meist aß sie an solchen Tagen mit uns Abendbrot und fuhr dann wieder zurück in das Haus und zu der Familie, bei der sie zu dieser Zeit arbeitete. Und nun auf einmal war da noch jemand, der ihre Aufmerksamkeit beanspruchte! Wer wird es mir verdenken, dass ich mir nichts sehnlicher wünschte, als dass dieser Störenfried der schönen Tage mit der Tante wieder verschwinden würde. Das tat er aber, zu meinem Leidwesen, nicht. Ganz im Gegenteil, Tante Margret und Onkel Alfred waren sehr häufig bei uns zu Besuch. Onkel Alfred war ganz vernarrt in Lotti, unseren rotlockigen Irrwisch. Sie hatte sein Herz im Sturm erobert und daraus wurde eine Liebe fürs Leben. Und der niedliche, kleine Rolfi, der gerade anfing, auf seinen eigenen Beinchen die Welt zu erkunden und vergnügt plapperte, hing auch sehr an Onkel Alfred. Meine vornehme Zurückhaltung hat der gute Onkel erst sehr viele Jahre später verstanden. Wenn Onkel und Tante zu Besuch waren, wollte ich nur neben der Tante sitzen. Sie war immer so schön angezogen und sie roch sehr gut. Und manchmal legte sie den Arm um mich und zog mich an sich. Dann war ich glücklich und zufrieden.

Es kam also, wie es kommen musste in jenen Zeiten. Nach einer gebührlichen Verlobungszeit, in der eifrig für die Aussteuer gespart wurde, heirateten Tante Margret und Onkel Alfred.

An die Hochzeit kann ich mich noch sehr gut erinnern. Was war das doch für ein schönes Fest! So viele Leute in so vielen schönen Kleidern! Meine Mama hatte ein wunderschönes, türkisfarbenes, glänzendes Cocktailkleid an. Tante Margret trug zum Standesamt ein elegantes rotes Kostüm. Am Abend hatte sie ein enges, weißes Kleid an, in dem sie aussah wie eine Prinzessin. Die Herren trugen weiße Hemden, Krawatten und dunkle Anzüge. Auch wir Kinder waren fein gemacht und sollten uns – so war das zu der Zeit – bloß nicht dreckig machen. Es war wohl schon ziemlich spät, als Onkel Bubi, der jüngste Halbbruder meines Vaters, die Tanzenden mit dem Ruf unterbrach:

„Alfred, komm´ schnell! Karl-Heinz und Fredi prügeln sich. Einer liegt schon auf dem Misthaufen!"

Worum es bei diesem Streit unter den Brüdern – Onkel Fredi war ebenfalls ein Halbbruder meines Vaters – ging, ist nicht überliefert. Aber Onkel Alfred war größer und stärker als die Beiden. Es war dem Bräutigam also ein Leichtes, die beiden Streithähne zu trennen. Nur, zwei angetrunkene, sich prügelnde Männer auf einem Misthaufen zu trennen, das hinterlässt Spuren. Papa und Onkel Fredi sahen schrecklich aus und Onkel Alfred hatte auch einen Teil vom Misthaufen abbekommen. Das war es dann mit der schönen Hochzeitsfeier! Tante Margret hat geweint und Onkel Alfred musste sich umziehen. Onkel Hans, Onkel Alfreds Bruder, hat uns – nachdem wir Papa wenigstens ein bisschen gesäubert hatten – in seinem VW Käfer nachhause gefahren.

So ging es gelegentlich zu in unserer Familie. Papa und Onkel Fredi gerieten immer mal wieder aneinander. Aber irgendetwas müssen sich die Brüder doch bedeutet haben. Denn als mein Vater sich auf seine letzte große Reise vorbereitete, war Onkel Fredi da und hat geholfen, ihn zu waschen und zu rasieren, kurz bevor mein Papa diese Welt verlies.

Das Hochzeitsbild von Tante Margret und Onkel Alfred

Neben der Tante ist mein Vater zu sehen, neben Onkel
Alfred sein Bruder Hans

Wulmstorfer Geschichten

Schon bald nach ihrer Hochzeit zogen Onkel Alfred und Tante Margret nach Wulmstorf bei Thedinghausen. Hier arbeitete Onkel Alfred als Klempner und Installateur bei einer ortsansässigen Firma. Die neue Wohnung der Beiden befand sich über der Werkstatt der Firma. Sie hatten tüchtig gespart in den Jahren ihrer Verlobungszeit und so konnte die neue Wohnung auch gleich komplett eingerichtet werden. Es war eine schöne, große und helle 3-Zimmer-Wohnung. Am liebsten wäre ich gleich mit dort eingezogen. Aber ich habe mich nicht einmal getraut, diesen Wunsch auszusprechen. Das hätte höchstwahrscheinlich sowieso nichts genützt. Gott sei Dank gab es ja die Ferien! Und so oft es ging und meine Eltern es erlaubten, verbrachte ich Zeit in Wulmstorf. Ich beneidete Lotti und Rolli, die noch nicht zur Schule gingen und daher noch öfter als ich bei Onkel und Tante waren.

Wenn ich in Wulmstorf war, hat die Tante an einigen Tagen in der Woche in der Nachbarschaft im Haushalt geholfen und ich konnte schlafen, solange ich wollte. Das Frühstück stand für mich bereit. Und nach dem Frühstück habe ich mich im Haushalt geübt. Es wurde Geschirr gespült – mal mit mehr, mal mit weniger Erfolg, gelegentlich auch mit Bruch. Es wurde das Badezimmer geputzt und die Betten gemacht. Nach ihrer Rückkehr hat Tante Margret sich über die Hilfe gefreut und meine Aktivitäten gelobt. Wo es notwendig war, hat sie liebevoll korrigierend eingegriffen. Und wenn sie mich wieder zuhause ablieferte, vergaß sie nie zu erwähnen, was ich doch für ein tüchtiges und ordentliches Mädchen wäre. Das hat meine Mutter regelmäßig zur Weißglut getrieben. Nach ihrer Meinung konnte und machte ich in Wulmstorf alles und das auch noch freiwillig. Daheim hatte sie aber an allem was ich tat, etwas auszusetzen. Und da ich ihr sowieso nichts recht machen konnte, machte ich eben freiwillig gar nichts.

In Wulmstorf fand ich alles toll. Wenn ich dort war, hatte ich ein Zimmer ganz für mich alleine. Ich durfte so oft und so viel lesen, wie ich wollte. Ganz besonders stolz war ich an einem Tag, an dem Tante Margret mit mir in den Dorfladen zum Einkaufen ging und die Damen dort der Meinung waren, ich wäre ihre Tochter, weil ich ihr doch so sehr ähnele. Oh, wie gerne wäre ich doch ihre Tochter gewesen!

Und Onkel Alfred? Nun, er war halt da und gehörte dazu. Was sollte ich tun? Ich war froh, dass ich wenigstens zeitweise in der Nähe meiner geliebten Tante sein durfte Wenn Onkel Alfred nachmittags von der Arbeit kam, hat er etwas gegessen, und dann haben wir gespielt. So vieles haben wir in Wulmstorf gelernt: Maumau spielen und Schwarzen Peter, Mikado und Mensch-ärgere-dich-nicht, Kirschkern-Weitspucken, ordentlich mit Messer und Gabel essen, eine Serviette benutzen und noch viel, viel mehr. Onkel und Tante liebten Kinder und sie liebten es, sich mit ihnen zu beschäftigen. Es ist bis heute ungeklärt, wer in dieser Zeit mehr Freude hatte, meine Geschwister und ich oder Onkel und Tante. Leider sollten Onkel Alfred und Tante Margret nie eigene Kinder haben.

Aus der Wulmstorfer Zeit gibt es viele lustige Geschichten. So hat Lotti einmal alle schönen Blumen gepflückt, die Tante Margret sorgfältig in Töpfen gezogen hatte. Vielleicht hat Lotti ja keine Vase gefunden oder wer weiß, was in dem Köpfchen eines kleinen Mädchens so vorgeht. Jedenfalls hat sie kurz nach dem Pflücken versucht, die Blumen wieder einzusetzen. Ein paar Tage später konnte Tante Margret überhaupt nicht verstehen, warum alle Blumen gleichzeitig die Köpfe hängen ließen. Eine Nachfrage bei meiner kleinen Schwester brachte dann die Wahrheit ans Licht. Lotti erzählte der Tante, dass sie die Blumen gepflückt hätte, dann aber mit ihren kleinen Fingerchen Löcher in die Blumenerde gebohrt hätte, um die Blumen wieder einzusetzen. Onkel Alfred hat sich kaputtgelacht, als ihm die Geschichte abends erzählt wurde. Er tröstete seine Frau und versprach ihr, anderntags neue Blumen mitzubringen. Er tröstete aber auch meine kleine Schwester, die ziemlich zerknirscht war. Sie hatte gemerkt, dass sie der Tante keine Freude gemacht hatte.

Diese Aktion war aber nichts gegen den Badeausflug mit Lotti. Onkel Alfred wurde auch Jahre später beim Erzählen der Geschichte noch schreckensbleich. Tante und Onkel wollten einst zum Baden an den Oyter See und erwähnten das im Beisein meiner kleinen Schwester bei uns zuhause. Wasserratten waren wir alle, von Kindesbeinen an. Also musste Lotti natürlich unbedingt mit. Am See angekommen, öffnete Onkel Alfred die Autotür und Lotti, damals circa fünf Jahre alt, rannte los, Richtung Wasser natürlich. Der Schrei der Tante: „Halt! Erst Badeanzug anziehen!" hielt sie zunächst zurück und sie ließ sich das Kleidchen ausziehen. Den Badeanzug hatte sie bereits drunter. Onkel Alfred entledigte sich gerade seiner Hose, auch er hatte die Badehose schon drunter, als er aus dem Augenwinkel sah, wie ein kleiner roter Lockenkopf im See versank. Gott sei Dank war der Onkel schnell genug und hat unseren kleinen Teufel noch erwischt. Aber damit war das mit dem Baden erledigt. Onkel und Tante ist ein furchtbarer Schreck in die Glieder gefahren. Beide haben sich Gedanken gemacht, was sie wohl meinem Vater hätten sagen sollen, wenn sie unseren kleinen Irrwisch nicht mehr rechtzeitig zu fassen bekommen hätten. Tja, Schwimmflügel waren offenbar noch nicht erfunden oder nicht in Mode. Und Lotti und das Thema „du bleibst hier und wartest", das ging noch nie. Ich weiß schon gar nicht mehr, wo ich sie überall eingesammelt habe. Wenn es in meiner Kindheit eine Lautsprecherdurchsage gab, dann suchte zumeist die kleine Lieselotte ihre Mama und ich durfte dann hingehen und sie abholen.

Der Lieblingsspielplatz meines kleinen Bruders in Wulmstorf war der Hof. Dort spielte er stundenlang mit seinen Autos „Umfall". Warum er immerzu Unfall spielte, haben wir bis heute nicht in Erfahrung bringen können. Aber es ging bei diesem Spiel immer ziemlich laut zu. Es krachte und knirschte und quietschte. Aber so wusste Tante Margret in der Küche immer, dass Rolfi noch da war.

Nur einmal, da hörte sie ihn nicht mehr. Sie schaute aus allen Fenstern nach dem kleinen Kerl aus. Und was sah sie? Auf der Weide hinterm Haus, wo im Matsch die Schweine und die Kühe standen, ging eine kleine rote Pudelmütze spazieren. Na klar, kann man auch Kühe und Schweine besuchen gehen. Aber die sehr empfindsame Nase meiner Tante, die sich an die Landluft bis zuletzt nicht gewöhnen wollte, war nach dieser Exkursion ziemlich beleidigt. Sie hätte im Badezimmer eine gute Weile gebraucht, aus Rolfi wieder den niedlichen, gut riechenden kleinen Kerl zu machen, den sie so liebte, hat sie später erzählt.

In Wulmstorf hat Rolf auch Tütensuppe gegessen, die er zuhause immer ausgekotzt hat. Tante Margret hat sorgfältig darauf geachtet, dass er die Tüte nicht zu sehen bekam und Onkel Alfred hatte ihm erzählt, dass man von Suppe groß und stark wird. Das muss unseren damaligen Hänfling sehr beeindruckt haben. Und wenn ich mir mein Brüderchen heute so anschaue, dann hat er in seinem Leben wohl doch sehr fleißig Suppe gegessen.

Es war in den Sommerferien, als Onkel und Tante in Bremen etwas zu erledigen hatten. Auf dem Rückweg durfte ich für ein paar Tage mit nach Wulmstorf. Meine Tasche war schnell gepackt und ab ging die Post. Es war – soweit ich mich erinnere – schon Abendbrot-Zeit als wir uns auf den Weg machten. Onkel Alfred hatte unterwegs noch etwas mit jemandem zu besprechen. Diese Besprechung fand in einer Gaststätte statt und es gab natürlich Bier für die Herren und Malzbier und Schokolade für mich. Was die Tante zu der Zeit zu trinken pflegte, weiß ich nicht mehr. Es war wohl schon ziemlich spät, als wir uns auf den letzten Rest des Heimwegs nach Wulmstorf machten. Natürlich fuhr Onkel Alfred das kleine Stück nachhause in seinem VW Käfer selbst. Ich saß auf dem Rücksitz. Kindersitze waren zu der Zeit auch noch lange kein Thema. Glatt war es ganz bestimmt nicht. Trotzdem endete die Fahrt nach wenigen Minuten im Straßengraben. Tante Margret schimpfte wie ein Rohrspatz. Sie drohte, mit mir über den Acker davon zu laufen, wenn die Polizei käme. Die Polizei kam natürlich nicht. Onkel Alfred ging zurück in die Gaststätte, während Tante Margret und ich im Auto warteten. Die Tante schimpfte vor sich hin. Es ging um Alkohol und Autofahren und Verantwortung für Kinder und ich weiß nicht mehr, was noch. Nach kurzer Zeit kamen alle Männer, die vorher Bier mit Onkel Alfred getrunken hatten. Mit vereinten Muskelkräften wurde der Käfer aus dem Graben zurück auf die Straße gesetzt. Die Fahrt wurde von da an mit der Tante am Steuer fortgesetzt, natürlich unfallfrei.

Als ich später im Bett lang, kam Onkel Alfred und sagte mir gute Nacht. Er erklärte mir, dass sich Mama und Papa unnötig Sorgen machen würden, wenn ich von unserem kleinen Abenteuer daheim erzählen würde. Ich war noch sehr jung, aber ich verstand.

Der Teufel hat den Schnaps gemacht

Ja, das mit dem Alkohol und Onkel Alfred, das war so eine Sache. Er feierte für sein Leben gerne. Er war so gerne lustig und er trank sehr gerne Alkohol. Ich erinnere mich daran, dass mein Vater meiner Mutter auftrug, kleine Flaschen Schnaps zu kaufen, wenn Onkel Alfred zu Besuch angesagt war. Der Onkel hatte nämlich die Angewohnheit, jede Flasche, die auf dem Tisch stand, auszutrinken. Vorher ging er ganz bestimmt nicht heim. Wenn er mehr Alkohol getrunken hatte, als ihm guttat, und das kam leider häufig vor, wurde er unberechenbar. Wenn es gut lief, dann sang er. Er hatte eine schöne, volle Stimme. Ich hörte ihn gerne singen und viele seiner Lieder klangen sehr lustig. Sein Singen verklang erst dann, wenn der Onkel im Bett lag und eingeschlafen war. Manchmal saß er im angetrunkenen Zustand vor der Musiktruhe und legte Platten mit ostpreußischer Musik auf. Und er sang laut mit. Ob es die Lieder oder die Musik, oder vielleicht Heimweh war, irgendetwas machte ihn dann traurig. Er wurde trübsinnig, redete leise vor sich hin und manchmal weinte er. Das waren die Dinge, mit denen wir ganz gut zurechtkamen.

Aber dann gab es doch immer wieder Leute – manchmal sogar Familienmitglieder – die mit Onkel Alfred Diskussionen anfingen, wenn er betrunken war. Je nachdem, wie wichtig ihm das Thema war, kannte der Onkel dann am Ende nur noch schlagende Argumente. Und wo unser Onkel Alfred hinschlug, da ging ziemlich häufig auch etwas zu Bruch, denn er war groß und kräftig und er bestand auf seiner Meinung. Das eine oder andere Familienmitglied hat diese schlagenden Argumente am eigenen Leib erleben müssen. Aber ich bin ganz sicher, dass der Onkel niemals die Hand gegen Kinder erhoben hätte. Das blaue Auge meiner Mama war da wohl doch eher ein Versehen.

Was war geschehen? Es war lange nachdem mein Vater diese schöne Welt verlassen hatte. Mama hatte einen neuen Partner gefunden, der sich auch rührend um meine jüngeren Geschwister kümmerte. Wir nannten ihn Harry-Papa. Und Harry-Papa war in irgendeiner Angelegenheit anderer Meinung als Onkel Alfred. Das Ganze trug sich im Rahmen eines familiären Zusammenseins mit Grill und – natürlich – Alkohol zu. Und es kam, wie es kommen musste. Onkel Alfred hob die Fäuste gegen Harry-Papa. Nun wurde aber meine Mama mit der stolzen Größe von 1,52 m zur Tigerin, wenn es gegen einen Menschen ging, der ihr wichtig war. Todesmutig - oder einfach auch nur angetrunken – warf sie sich zwischen die Männer. Tja, wenn Onkel Alfred einmal zuschlug, siehe oben. Harry-Papa hat Mama und meine Geschwister dann heimgefahren. Onkel Alfred wollte der Tante am nächsten Tag nicht glauben, was geschehen war. Er machte sich aber trotzdem auf, meine Mama zu besuchen. Als sie ihm die Wohnungstür öffnete und er sie mit zwei kapitalen Veilchen sah, soll er sehr lange auf der Treppe gesessen und geweint haben. Er hat sich entsetzlich geschämt. Und meines Wissens ist etwas ähnliches auch nie wieder geschehen.

Meine Mama hatte Zeit ihres Lebens ein großes Herz. Sie hat ihm verziehen. Und auch den Rat unseres Hausarztes, den Onkel wegen Körperverletzung anzuzeigen, schlug sie in den Wind. Nach ihrer Meinung zeigte man kein Familienmitglied an, dem einmal die Hand ausgerutscht war.

Das, was der Onkel unter Alkoholeinfluss an den Tag legte, nannte man in meiner Kindheit eine schlechte Bierweise. Das war eine der Schattenseiten von unserem Onkel Alfred. Aber nicht nur von ihm allein. Ich hörte immer wieder, dass Frauen von ihren Männern geschlagen wurden. Und manchmal schlugen sogar Frauen ihre Männer. Das war für mich damals absolut unfassbar und ich konnte es nicht verstehen. Mein Vater versuchte mir zu erklären, dass Erwachsene halt mal so sind. Und ja, sie hätten sich trotzdem lieb. Das machte alles für mich noch unverständlicher. Papa sagte damals, wenn ich älter wäre, würde ich es verstehen. Nein, Papa! Ich verstehe es bis heute nicht! Und ich will es auch nicht verstehen! Kein Mensch hat das Recht, einen anderen Menschen zu schlagen!

Ein Traum geht in Erfüllung

Wie so viele Menschen träumten auch Tante Margret und Onkel Alfred von einem eigenen Haus. In Bremen-Osterholz stand das Haus von Oma und Opa Sprute, in dem auch ich geboren wurde. Mit den Jahren waren die Kinder von Oma und Opa Sprute ausgezogen. Opa war verstorben und zunächst wohnte noch Onkel Fredi mit seiner Familie im Dachgeschoß, der vormaligen Wohnung meiner Eltern. Oma bewohnte zusammen mit ihrem Jüngsten – Onkel Bubi – das Erdgeschoß. Aber Oma wurde älter und brauchte immer mehr und immer öfter Unterstützung. Daher kauften Tante Margret und Onkel Alfred das alte Häuschen, zahlten die Geschwister von Tante Margret aus und begannen, sich ihr eigenes Zuhause zu schaffen. Oma zog nun ins Dachgeschoß. Onkel Alfred hatte dort extra für sie eine Toilette eingebaut, damit sie nicht so oft die Treppe hinunterlaufen musste. Und im unteren Bereich des Hauses begannen die Umbauarbeiten.

Wie viele Jahre Onkel und Tante letztlich auf einer Baustelle gewohnt haben, das weiß ich nicht mehr. Aber mit der Zeit, einer sehr langen Zeit, und mit viel Fleiß und Eigenarbeit haben die beiden aus dem alten, kleinen Siedlungshäuschen ein wahres Schmuckstück gemacht, auf das sie zu Recht sehr stolz waren. Als Oma Sprute diese Welt verließ, wurde auch das Dachgeschoß um- und ausgebaut und noch einige Jahre später entstand im Garten ein Saunahaus mit einem geräumigen zweiten

Badezimmer. Dabei war Onkel Alfred zunächst der Meinung, dass eine Sauna nun wirklich der absolute Blödsinn wäre. Wer schwitzen wollte, der sollte doch einfach arbeiten! Na ja, so war unser Onkel eben. Aber lernfähig war er auch, wie ich später noch berichten werde.

Tante Margret und Onkel Alfred haben immer sehr viel gearbeitet. Der Onkel machte Überstunden und am Wochenende wurde manch ein Badezimmer, oder eine Heizung, im Bekanntenkreis erneuert und aus- und umgebaut. Tante arbeitete in einer Gewürzfabrik am Fließband im Akkord. Und so wuchs mit den Jahren der Wohlstand und die Autos wurden auch immer größer. Hatte ich schon erwähnt, dass Tante Margret und Onkel Alfred die ersten in der Familie waren, die ein Auto besaßen?

Angefangen hat die Geschichte der Autos mit Futschikletto. Das war eine hellgrüne BMW-Isetta, die von meiner Oma Brumm auf diesen seltsamen Namen getauft worden war. Wenn ich mir heute vorstelle, dass Onkel und Tante in diesem Gefährt saßen, ich oft dabei und eine Tasche oder ein Koffer auch noch, dann frage ich mich, wie das eigentlich gehen konnte. Tante Margret und Onkel Alfred müssen in jungen Jahren wirklich sehr, sehr schlank gewesen sein.

Futschikletto versank im Moor. Gott sei Dank konnten Onkel und Tante sich durch das Schiebedach retten, bevor das kleine Auto endgültig versank. Warum das Autochen von der Straße abgekommen war, ist nicht überliefert. Ich habe da aber einen gewissen Verdacht.

Ich glaube, der bereits erwähnte VW-Käfer kam danach. Dann gab es einen roten Peugeot, den Rolf ganz besonders gerne mochte. Er wollte immerzu „Püscho" fahren. Als er dann schon Zahlen lesen konnte und Papa erzählte, dass Onkel Alfred hundert Stundenkilometer gefahren wäre, wäre es beinahe vorbei gewesen mit der schönen Zeit bei Onkel und Tante. Tante Margret versprach Papa, dass sie niemals schneller als achtzig Stundenkilometer fahren würden, wenn die Kinder im Auto wären. Ob sie sich daran wohl wirklich gehalten hat?

Ein eleganter grüner Opel Rekord hauchte sein Leben an der Weser-Brücke in Uesen aus. Onkel Alfred schwor Stein und Bein, dass er nüchtern gewesen wäre. Er habe sich erst anschließend betrunken, als das Auto schon kaputt war, sagte er.

Onkel und Tante waren immer gerne mit dem Auto unterwegs. Sie besuchten, oft zusammen mit Onkel Alfreds Eltern, Verwandte, die über die ganze Republik verteilt waren. Sie fuhren nach Travemünde, in den Westerwald und nach Kaiserslautern. Und als 1989 die Grenze zur ehemaligen DDR aufging, wurden auch die dort lebenden Verwandten besucht. Zu der Zeit fuhr Onkel Alfred Autos mit Anhängerkupplung, denn er hatte immer viel mitzunehmen. Schließlich brauchten jetzt auch die Verwandten im Osten neue Heizungen und Badezimmer.

Zu Beginn der Autogeschichte gab es nur ein Auto und die Tante fuhr mit dem Fahrrad zur Arbeit. Aber als die Dinge immer besser liefen, das Haus weitgehend fertig aus- und umgebaut war, bekam die Tante auch ein kleines Auto. Ich habe im Laufe der Jahre den Überblick verloren, wie viele Autos es im Hause von Tante und Onkel gab. Aber ich komme auf das Thema von Zeit zu Zeit noch zurück

Wie schon gesagt, dauerten die Um- und Ausbauarbeiten am Haus von Tante Margret und Onkel Alfred eine geraume Zeit. In der Zwischenzeit waren wir alle älter geworden und begannen, unser eigenes Leben zu führen. Das war nicht immer so, wie der Onkel sich das vorstellte. Aber zu seiner großen Freude bekam meine Schwester Lotti schon bald nach ihrer Eheschließung zwei Töchter. Und so gab es von Zeit zu Zeit wieder Kinder im Hause von Onkel und Tante und auch wieder Stoff für viele neue Geschichten.

Wie scharf darf eine Kurve sein?

Warum die kleine Franziska, die ältere Tochter meiner Schwester Lotti, Angst vor der großen Standuhr hatte, die im Wohnzimmer von Onkel Alfred stand, das wissen wir bis heute nicht. Onkel und Tante hatten das gute Stück aus dem Hause von Onkel Alfreds Eltern übernommen und ich kann heute noch den wundervollen Klang des Uhrwerks hören, wenn ich an die alten Zeiten zurückdenke.

Franziska jedenfalls achtete sorgfältig darauf, der Uhr nicht allzu nahe zu kommen und sie behandelte sie sehr respektvoll. Sie grüßte sie morgens freundlich:

„Guten Morgen, Uhr."

Und bevor sie abends im Hause von Tante und Onkel zu Bett ging, sagte sie der Uhr gute Nacht.

Wenn wir an die Geschichte mit der Uhr denken, erinnern wir uns auch immer wieder an Franziskas aufgeregten Ausruf:

„Tue an! Tue an!"   (Schuhe an! Schuhe an!)

Wie verzweifelt ein kleines Mädchen doch klingen kann, wenn es genau weiß, dass man ins Bett muss, wenn die Schuhe ausgezogen werden. Es gab aber einen wichtigen Unterschied zwischen Franzis Zuhause und dem Haus von Onkel Alfred und Tante Margret. Daheim wurden die Schuhe ausgezogen, bevor es zu Bett ging. Bei Tante und Onkel wurden die Schuhe ausgezogen, wenn man ins Haus kam. Für Kinder gab es dann Hausschuhe. Es dauerte eine Weile, bis die kleine Franziska das verstanden hatte und sich widerspruchslos die Straßenschuhe gegen die Hausschuhe tauschen lies.

Franzis kleine Schwester Katharina war die absolute Großmeisterin im Onkel-Alfred-um-den-kleinen-Finger-wickeln. Wenn der Onkel abends im Fernsehen Nachrichten schauen wollte, krabbelte sie auf seinen Schoß, kuschelte sich in seine Arme und dann ging das so: „Duhu, Onkel Alfred, findest du nicht, dass Nachrichten langweilig sind? Wollen wir nicht lieber Sesamstraße gucken? Das ist doch viel lustiger, oder?"

Und was wurde dann wohl geguckt?

Es war sicher auch Kati, die vom Rücksitz des roten Mazda bat:

„Onkel Alfred, mach doch mal eine scharfe Kurve."

Die Tante hatte den Onkel mit den beiden Mädchen zum Einkaufen geschickt. Die beiden Kleinen saßen auf dem Rücksitz und Onkel Alfred hat vermutlich keinen Moment gezögert, der Bitte des kleinen Fräuleins nachzukommen. Nur, einen von den weißen Holzpfosten, die in Osterholz den Fußweg von der Fahrbahn trennten, den hatte er dabei nicht auf dem Zettel. Diese Holzpfosten, weiß gestrichen mit einem schwarzen Streifen am oberen Rand, waren recht kompakt und auch stabil in die Erde eingelassen. Das war für den roten Mazda überhaupt nicht gut. Dem Onkel und den Mädchen ist nichts passiert, aber der arme Mazda! Wahrscheinlich hat der Onkel ein paar Flüche ausgestoßen oder auf sich selbst geschimpft. Was Katharina zu der Bemerkung veranlasste:

„Duhu, Franschiska, jetzt dürfen wir Onkel Alfred nicht mehr ärgern. Ich glaub der ist böse."

Tante Margret war alles andere als begeistert, als sie den Schaden betrachtete, zumal momentan gerade eine heftige Ebbe in der Haushaltskasse herrschte. Aber das Auto fuhr ja noch. Also wurde das Problem gelöst, wie Onkel und Tante das eben manchmal taten. Sie nahmen die letzten zwanzig oder wenig mehr Mark (Euro gab es noch lange nicht) und fuhren mit den Kindern zum Freimarkt. Das ist ein schöner, großer Jahrmarkt, der in Bremen im Herbst stattfindet. Und dort kann man mit Kindern viel Spaß haben, leckere Sachen essen und Karussell fahren. Die Besuche auf dem Freimarkt mit Tante Margret und Onkel Alfred waren für uns Kinder immer einer der Höhepunkte des Jahres.

Onkel Alfred hat später immer wieder erzählt, dass wäre die teuerste Kurve gewesen, die er je gehabt hätte.

Immer wieder erinnern wir uns auch gerne an Katharinas energisch Vorgetragenes:

„Möcht Durst!"

genauso wie an die Geschichte mit dem Klopapier. Wir waren zu Besuch in Bremen und natürlich auch bei Onkel und Tante zu Gast. Während unseres Besuchs war auch Katharina, damals circa drei Jahre alt, da. Wir hatten uns alle längere Zeit nicht gesehen und es gab sehr viel zu erzählen. Keiner hatte darauf geachtet, dass Kathi inzwischen auf die Toilette gegangen war. Das konnte sie nämlich schon ganz alleine. Nur den Popo putzen und die Latzhose wieder ordentlich anziehen, das klappte noch nicht so. Da brauchte sie noch etwas Hilfe. Und nun stand das Fräuleinchen im Wohnzimmer, die Latzhose saß absolut nicht da wo sie hingehörte und das kleine Gesichtchen wandte sich anklagend der Tante zu:

„Tante Margret, ich hab' geruft und geruft. Aber keiner hat gehört. Und nun hast du kein Klopapier mehr."

Ich schlug einen anderen Weg ein

Während meine Schwester Lotti und ihr Mann Christian dafür sorgten, dass die nächste Generation unserer Familie in Gestalt ihrer Töchter Franziska und Katharina in die Welt kam, war mein Weg ein anderer.

Ich hatte inzwischen Victor geheiratet, den Onkel Alfred nicht leiden konnte. Da die Kunst der Diplomatie dem Onkel fremd war, hielt er natürlich nicht mit seiner Meinung hinter dem Berg. Umgekehrt hatte mein Ex-Mann Angst vor Onkel Alfred und seinen gelegentlichen Gewaltattacken, obwohl er niemals eine miterlebt hat. Das war also alles andere als eine gute Basis für eine erfreuliche, verwandtschaftliche Beziehung.

Da meine Eltern und Onkel Alfred zum Zeitpunkt meiner ersten Hochzeit gerade mal wieder nicht miteinander sprachen und weil ich meinen schwerkranken Papa auch nicht aufregen wollte, habe ich Onkel und Tante nicht zu meiner Hochzeit eingeladen. Ich war sehr traurig, weil mir meine Tante an diesem Tag fehlte. Aber ich war sicher, dass sie mich verstehen würde. Was der Onkel dachte, war mir zu dem Zeitpunkt egal.

Die folgenden zehn Jahre, in denen ich in Kiel und Frankfurt lebte, hatte ich so gut wie keinen Kontakt zu Onkel Alfred und Tante Margret.

Aber dann änderte sich mein Leben. Ich trennte mich von Victor. Das fand der Onkel völlig in Ordnung und er machte sich sofort auf die Suche nach einem passenden, neuen Ehemann für mich. Im Angebot war Klaus, ein ehemaliger

Klassenkamerad von mir, der sein Geld als Fernsehmechaniker verdiente, und das meiste davon gleich wieder für Alkohol ausgab. Nummer zwei auf Onkel Alfreds Liste war ein ehemaliger Lehrling in der Firma seines Arbeitgebers, der inzwischen ein tüchtiger Klempner und Installateur geworden war. Ein Handwerker wäre gut für mich, befand der Onkel. Strebsam, fleißig, sparsam und anständig sollte er sein. Und überdies wäre es doch für mich sowieso besser, wenn ich zurück nach Bremen käme, meinte er.

Ich weiß heute, der gute Onkel hatte wirklich nur mein Bestes im Sinn. Bestimmt hätte er geholfen, in Bremen ein schönes Haus für mich zu bauen, mit einem wunderschönen Badezimmer und einer tollen Heizung. Aber mein Herz hatte inzwischen einen anderen Weg eingeschlagen. Mein Bert trat in mein Leben. Zu jener Zeit war er mein Ex-Chef und verheiratet. Als sich unsere Beziehung festigte und ich ihn das erste Mal mit nach Bremen nahm, um ihn meiner Familie vorzustellen, war mir schon klar, dass das mit Onkel Alfred Theater geben würde.

Wie macht man sich Freunde?

Wir fuhren also nach Bremen, Bert und ich. Mama war von ihm hingerissen. Das hatte ich auch nicht anders erwartet. Den Ehering, den Bert zu dieser Zeit noch trug, ignorierte sie einfach. Er tat ihrer Begeisterung für meinen neuen Liebsten keinen Abbruch.

Von Mama aus rief ich Tante Margret an um herauszufinden, ob sie und der Onkel daheim wären. Ich wollte allen Beteiligten ganz bewusst keine Zeit zum Nachdenken, Planen, Überlegen geben. Ja, es war so etwas wie ein Überfall. Bert hatte ich Onkel Alfred aus meiner Sicht beschrieben und ihm erklärt, dass ich meine Tante nun mal sehr liebte und daher Wert darauflegen würde, ihn den Beiden vorzustellen. Zu mehr hatte ich weder den Mut noch die Phantasie. Ich wagte gar nicht, mir vorzustellen, wie Onkel Alfred auf einen verheirateten Mann an meiner Seite reagieren würde.

Wie die Wahrheit, die ich gerne noch verschwiegen hätte, von meiner Mutter zu meiner Tante und meinem Onkel gelangte, kann ich nur vermuten.

Onkel Alfred reichte Bert bei der Begrüßung die Hand mit den Worten:

„Du bist das erste Stück Scheiße, dass ich heute anfasse."

Ich hielt den Atem an, die Tante machte ein fassungsloses Gesicht und schnappte nach Luft. Bert entgegnete cool:

„Und du bist der erste Dummkopf, der heute tatsächlich zugreift."

Ja, so spielte sich das Kennenlernen der Herren ab. Aber damit waren die Fronten auch geklärt. Im Verlaufe des Nachmittags und des Abends – denn wir wurden natürlich gebeten, zum Abendbrot zu bleiben – tranken die Herren, neben diversen Flaschen Bier, eine große Flasche lauwarmen Korn aus der Ex-DDR. Der Korn war nicht kalt, weil wir ja unangemeldet gekommen waren. Und außerdem wäre er so temperiert viel besser für den Magen. So die Erklärung von Onkel Alfred.

Irgendwann an diesem denkwürdigen Tag – oder bei einer unserer nächsten Zusammenkünfte – muss Onkel Alfred Bert heimlich adoptiert haben. Fortan war alles, was Bert sagte, Gesetz. Zumindest Onkel Alfred gegenüber habe ich das auch nie in Frage gestellt. Und welche Kräfte an diesem Tag auch immer gewirkt haben, ich bin ihnen bis zum heutigen Tag aus tiefster Seele dankbar.

Am nächsten Morgen erwachte mein Liebster in einem Bremer Hotel der Innenstadt zu den Klängen der Glocken des St. Petri-Domes, der Kirchen Unser Lieben Frauen, St. Martini und St. Katharinen. Sein erster Satz an diesem Morgen war:

„Die spinnen, die Bremer. Die trinken viel zu viel Schnaps und machen fürchterlichen Krach."

Zwei Alka-Selzer und ein gutes Frühstück machten dann aber doch Mut auf noch mehr Bremen.

Auf dem Marktplatz spielte bei unserer Ankunft eine Jagdhorn-Bläser-Gruppe. Bert sah leidend aus und fragte, ob es in Bremen nicht vielleicht doch auch ein paar ruhigere Ecken geben würde. Wir flüchteten zunächst durch die Böttcherstraße ins Schnoor und später auf den Osterholzer Friedhof, an das Grab meines Vaters.

Onkel Alfred verändert sich

Als Bert und ich etwa ein Jahr später unsere erste gemeinsame Wohnung in Saarbrücken bezogen, dauerte es gar nicht lange, dass sich Tante Margret und Onkel Alfred zu Besuch anmeldeten. Und ungefähr von da an ging – aus meiner Sicht - eine bemerkenswerte Veränderung mit Onkel Alfred vor sich. Wo früher sein Standpunkt war:

„Ich habe schließlich geheiratet und es daher nicht nötig, in Gasthäusern zu essen, und bei Ausländern schon gar nicht," genoss er es nun zunehmend, auswärts zu essen. Zunächst in unserer Begleitung, aber schon bald auch einfach „nur" mit Tante Margret, entdeckte er die Reize der italienischen und griechischen Küche und natürlich deren Schnäpse.

Wo die Saunabesuche, die die Tante immer sehr genoss, zunächst aus Onkels Sicht der absolute Blödsinn waren - schwitzen tut man beim Arbeiten -, sagte der Onkel, baute er ein ganzes Saunahaus im eigenen Garten. Und auch er saß gerne mit der Tante, oder – wenn wir zu Besuch waren – mit Bert in der Sauna und ließ es sich gutgehen.

Vom Zeitpunkt unseres ersten Besuchs bei Tante Margret und Onkel Alfred bis zu dem Tag, an dem sie ihr Haus in Osterholz endgültig verließen, war dort unser Bremer Zuhause. Wie viele schöne und frohe Stunden haben wir dort verbracht! Auch als die Zeiten schwerer wurden, Mama erkrankte und starb und Onkel Alfred anfing zu schwächeln, waren wir immer gern gesehene Gäste und wurden stets aufs allerfeinste bewirtet und versorgt. Oft wurde vor unserer Ankunft noch etwas am Haus erneuert oder renoviert. Nach Aussage des Onkels war das nötig, sonst hätten wir ihm am Ende einen Stern in der Bewertung abgezogen.

Zwischendurch gab es immer mal wieder auch nicht so erfreuliche Dinge, wie die Tatsache, dass meine Schwester Lotti ihre Kinder nicht so erzog, wie Onkel Alfred das für gut und richtig hielt. Darüber gerieten die Beiden dermaßen über Kreuz, dass sie einige Jahre lang nicht miteinander sprachen. Wer da mehr drunter gelitten hat, meine Schwester oder der Onkel, das lässt sich nicht mehr so genau sagen. Klar ist aber ja, dass uns nur Menschen wirklich verletzen können, die wir lieben. Und die Beiden haben sich immer geliebt, auch wenn sie es Beide nicht so gut ausdrücken konnten. Aber keine Angst, das hat sich alles später erledigt. Darüber wird an anderer Stelle berichtet.

Ordnung muss sein!

Unser Onkel war ein Mann mit festen Grundsätzen. Ordnungswidrigkeiten und Regelverstöße duldete er in seinem Umfeld nicht. Seine gradlinige und sehr direkte Art mit gewissen Widrigkeiten des Lebens umzugehen, war manchmal unorthodox.

So ärgerte er sich eine ganze Weile darüber, dass ein rücksichtsloser Mensch aus der Nachbarschaft seinen Hund sein Geschäft mit Vorliebe sehr nahe an Onkel Alfreds sorgfältig gepflegter Hecke, oder im Bereich der Grundstückseinfahrt des Onkels, verrichten ließ. Onkel Alfred fand heraus, wo besagter Herr wohnte. Er scheute sich nicht, die Hinterlassenschaft des Hundes sorgfältig in Zeitungspapier einzuwickeln. Niemals hätte er etwas getan, was dem Hund hätte Schaden zufügen können. Denn Onkel Alfred liebte alles was da kreuchte und fleuchte.

So machte sich unser Onkel also eines Tages mit einem Päckchen, - eingewickelt in Zeitungspapier - auf, dem Herrn Nachbarn einen Besuch abzustatten. Er klingelte und überreichte dem erstaunten Herrn das Päckchen mit den Worten:

„Sie haben da auf meinem Grundstück etwas vergessen. Ist ja nicht so schlimm. Ich weiß ja, wo Sie wohnen. Und falls Sie mal nicht daheim sind, kann ich es Ihnen ja auch in den Briefkasten werfen."

Der Onkel grüßte freundlich und ging seiner Wege. Damit war der Fall für ihn erledigt. Und zumindest dieser Hund hat nie mehr in seinen Garten oder die Einfahrt gekackt

Das macht mir jetzt Spaß!

Eine Zeit lang machte sich eine kleine Gruppe von Schuljungen einen Spaß daraus, nach der Schule vom Fahrrad aus mit den Füssen die Mülltonnen umzustoßen, egal ob diese schon geleert waren oder nicht. Das ging dem Onkel natürlich furchtbar gegen den Strich. Er passte die Jungs eines Tages ab und bat sie freundlich, mit diesem Spielchen aufzuhören. Auf die Frage, was sie denn eigentlich an dieser Art der Freizeitgestaltung fänden, bekam er die Antwort:

„Das macht uns Spaß."

Über diese Antwort dachte der Onkel etwas nach. Spielen und Spaß haben, das mochte Onkel Alfred nämlich auch sehr gerne.

Einige Tage später spannte der Onkel vormittags ein dünnes Seil über die Straße und befestigte es am Gartentor beim Nachbarn gegenüber. Er bedeckte das Seil sorgfältig mit Erde und Blättern, hockte sich hinter die Hecke und erwartete seine jungen Freunde. Als sie kamen, zog er das Seil hoch.

Fahrräder geraten aus der Balance, wenn in gewisser Höhe ein Seil gespannt ist und sie dort hineinfahren. Und wenn das Fahrrad aus der Balance gerät, fällt es um. Was zur Folge hat, dass der Fahrer auch hinfällt.

Onkel Alfred rollte anschließend sein Seil seelenruhig zusammen, vergewisserte sich, dass niemand ernsthaft verletzt war und grüßte freundlich mit den Worten:

„Das hat mir jetzt Spaß gemacht."

Und er ging seiner Wege, unser Onkel. Was ihm die Jungs so an Unfreundlichkeiten hinterhergerufen haben, ist nicht überliefert. Aber der Onkel hatte sein Ziel erreicht. Von dieser Zeit an standen die Mülltonnen, wie es sich gehörte. Nein, natürlich ist ein solches Verfahren nicht zur Nachahmung empfohlen, aber zielführend ist es allemal.

Regeln sind zum Einhalten da

Dass Onkel Alfred es so gar nicht tolerieren konnte, wenn jemand sich nicht an die Regeln hielt, erwähnte ich wohl schon. Und in seinen kraftvollen Jahren war ihm auch nie bange um die Konsequenzen seines Tuns.

Da drohte ihm doch eines Tages ein Radfahrer (jung, männlich, kräftig) Gewalt an, weil er sich vom autofahrenden Onkel genötigt fühlte. Er – der Radfahrer – war ohne Körperkontakt mit dem Onkel, beziehungsweise dessen Firmenwagen, etwas vom Weg ab und zu Fall gekommen. Unser Onkel Alfred wusste schon immer, was sich gehört. Er stieg aus dem Auto aus, um nach dem Rechten zu sehen. Der Radfahrer äußerte sich wohl ziemlich negativ über des Onkels Fahrkünste und drohte ihm Schläge an. Wahrscheinlich schüttelte der Onkel den Kopf und machte dem radelnden Zeitgenossen klar, dass er erstens auf der falschen Straßenseite unterwegs war und zweitens nicht durch vorschriftsmäßiges Winken den beabsichtigten Richtungswechsel angezeigt hätte. Der Radfahrer hatte offenbar keine Argumente, mit denen er unseren Onkel von seinem ordnungsgemäßen Verhalten überzeugen konnte. Also hob der zu Fall gekommene Radler die Fäuste gegen Onkel Alfred. Das hätte er besser gelassen! Sekunden später fand er sich, nebst Fahrrad, in der dichten Buchenhecke vor Henni Nuckels Haus wieder und der Onkel setzte seine Fahrt zu Arbeit fort.

Am gleichen Abend klingelte es zu späterer Stunde an der Haustür des Onkels. Der Radfahrer kam mit Verstärkung in Gestalt seiner Ehefrau, um darüber zu informieren, dass er Anzeige erstatten würde. Jeder, der unseren Onkel gekannt hat, hätte dem Ehepaar sagen können, dass die Drohung mit einer Anzeige unseren Onkel überhaupt nicht beeindrucken würde. Onkelchen erklärte der Ehefrau geduldig das Fehlverhalten ihres Gatten, was die Dame zu der Äußerung veranlasste:

„Das habe ich dir doch auch schon hundert Mal gesagt!"

Trotzdem fuhr sie den Onkel an:

„Aber Sie haben nach meinem Mann geschlagen!"

Der Onkel wird darob nur müde gelächelt und/oder den Kopf geschüttelt haben:

„Liebe Frau, wenn ich Ihren Mann geschlagen hätte, dann würde er mit Sicherheit anders aussehen. Und sein Fahrrad auch. Ich habe beides nur etwas aus dem Weg geräumt, damit nichts passiert."

Die Frau hat daraufhin wahrscheinlich Onkel Alfreds wirklich beeindruckend große und kraftvollen Hände gemustert. Und weil sie vermutlich eine kluge Frau war, ist sie – zwar laut schimpfend – aber dennoch friedlich, mit ihrem Mann von dannen gezogen. Man hat nie wieder etwas von Beiden gesehen oder gehört.

Von Wichmännern und Ventilen

Eines von Onkel Alfreds Lieblingsthemen war die Arbeit mit und bei den Wichmännern, seinen Arbeitgebern. Stundenlang konnte er sich darüber auslassen, was die Wichmänner ihm und er ihnen gesagt hatte. Seinen Worten war zu entnehmen, dass er die beiden Brüder Wichmann, seine Chefs, obwohl sie so viel jünger waren als er, sehr schätzte. Er schwelgte in den Details diverser Ventile, die, soweit ich das verstanden habe, etwas mit Heizkörpern und Heizungsanlagen zu tun hatten. Und die Badezimmer, an denen er mitgearbeitet hatte, konnte er in den lebhaftesten Farben und Nuancen beschreiben. Nichts und niemand konnte ihn an dieser Stelle bremsen. Auch das häufig halblaut eingeworfene „hast du schon erzählt" von Tante Margret, richtete überhaupt nichts aus. Mit weiteren Einzelheiten kann ich an dieser Stelle leider nicht dienen. Dafür fehlt mir einfach das Verständnis für die Materie. Aber Bert, der schon einmal mit seinem Cousin zusammen ein Wichmann-ähnliches Unternehmen geführt hatte, war hier geduldiger und verständnisvoller Zuhörer, der auch gelegentlich hinterfragen konnte. Tante und ich zogen uns bei diesen Gelegenheiten gerne in die Küche zurück um eine Mahlzeit vorzubereiten und dabei „Frauenthemen" zu erörtern.

Jeden Abend, in unseren komfortablen Gästebetten im Haus von Onkel und Tante in Bremen, haben Bert und ich uns die Frage gestellt:

„Wie oft werden wir uns das noch anhören müssen?"

Und beantwortet haben wir uns diese Frage auch gleich selbst:

„Eines – hoffentlich fernen -Tages werden wir uns wünschen, er würde alles noch einmal erzählen."

Darüber sind wir, meist zufrieden und müde von einem schönen langen Tag, eingeschlafen.

Jetzt wissen wir, was wir mit unserer Antwort geahnt und gefürchtet haben: Er fehlt uns so sehr, der große, alte Brummbär. Wir werden ihn bis ans Ende unserer Tage vermissen.

Manchmal muss es eben doch Kaviar sein

Wir waren wieder einmal für einige Tage in Bremen, da wollte Bert gerne seine Tochter Monika besuchen, die nach Hamburg geheiratet hatte. War ja klar, dass wir unsere Bremer Quartiermeister mitnehmen würden. Und so fuhren wir mit Onkel Alfreds rotem 5er BMW – und Tante Margret natürlich auch - zu Moni und Holger nach Lütjensee.

Unser Schwiegersohn Holger, der sich schon immer gerne von Äußerlichkeiten beeindrucken ließ, betrachtete das große, teure Auto und fragte bei der nächsten Gelegenheit den Onkel:

„Und wie verdienst du so dein Geld?"

Onkels Antwort war kurz und knapp:

„Ich wechsle Ventile."

Das reichte Holger nun aber bei weitem nicht aus und er fasste nach:

„Und was ist das für ein Unternehmen, das du hast?"

Onkels ehrliche und deutliche Antwort war:

„Ich bin Klempner und wechsele im Moment hauptsächlich Ventile an Heizkörpern."

Das brachte unseren Schwiegersohn für eine Weile zum Schweigen.

Holger machte zu dieser Zeit hin und wieder Geschäfte mit gebrauchten Autos in St. Petersburg. Auf der Rückfahrt brachte er gerne Kaviar und Wodka mit. Und so haben wir an diesem denkwürdigen Tag bei Moni und Holger in Pellkartoffeln, Kaviar und Wodka geschwelgt. Reichlich

Bier hat es wahrscheinlich auch gegeben. Ziemlich spät wurde über die Rückfahrt gesprochen und es kam wie so oft. Ich war wieder einmal die einzig Fahrtüchtige. Moni half mit einem Sofakissen aus, damit ich aus dem Riesenauto überhaupt über das Lenkrad aus dem Fenster sehen konnte. Onkel Alfred manövrierte den Wagen aus der sehr engen Einfahrt und dann wurden Bert und er auf den Rücksitz verfrachtet.

Auf der Autobahn zwischen Hamburg und Bremen äußerte Bert lautstark seine Enttäuschung über die ziemlich formlose Hochzeitsfeier von Moni und Holger, die noch nicht lange zurück lag. Er hätte so gerne etwas Großes, Festliches gehabt. So mit Kutsche und weißen Pferden und Kirche und langen Kleidern. Das Onkel Alfred und Kirche zwei Themen waren, die man besser nicht in einem Atemzug erwähnte, hatte ich vergessen, Bert zu sagen. Jetzt, wo die beiden Herren trunken wie die Hinkel waren (Hinkel = hessisch für Hühnchen), stand Ärger ins Haus. Onkel Alfred gab auch sofort laut und deutlich zu verstehen, was er von diesem Thema hielt. Zur Wiedergabe eignen sich an dieser Stelle nur Begriffe wie Lüge, dummes Zeug und unnützes Geld. Tja, auch mein Bert kann laut. Ein Wort gab das andere und die Tante und ich fürchteten eine Prügelei auf der Rückbank. Wir drohten den Herren mit Aussetzen auf der Autobahn, falls sie nicht gleich wieder Ruhe geben würden. Da hatten sie nun plötzlich ein gemeinsames, neues Feindbild.

„Wie wollen die uns denn hier rauskriegen, wenn wir das gar nicht wollen?"

Mit solchen und ähnlichen Sprüchen versicherten sie sich gegenseitig, wie gut sie doch ihre Frauen im Griff hatten. Darüber wurden sie leiser und leiser und schliefen schlussendlich Seite an Seite friedlich ein. Und als wir in Bremen ankamen, hatten wir unsere liebe Not, sie zu wecken.

Diesmal übernahm Bert das Manövrieren in die viel zu enge Toreinfahrt. Onkel Alfred brauchte etwas länger um zu realisieren, wo er war und warum und überhaupt. Aber dass man nach einem solch schönen, langen Tag unbedingt noch einen Absacker brauchte, vor dem Zubettgehen, das wusste er ganz genau.

Wenn einer eine Reise tut, dann kann er was erzählen

Auch wenn er zuzeiten so einiges an seinen Mitmenschen auszusetzen hatte, war unser Onkel Alfred doch ein treuer Familienmensch. Immer wieder besuchte er Verwandte, auch wenn diese weit weg lebten. Ins Ausland zu reisen, das wäre ihm aber wohl eher nicht in den Sinn gekommen, zunächst einmal.

Immer wieder jedoch erzählte er von einer Tante, die es nach dem Krieg nach England verschlagen hatte. Er schien diese Tante sehr lieb zu haben und sie war auch schon häufiger in Deutschland zu Besuch gewesen. Aber inzwischen war sie zu alt und zu hinfällig zum Reisen geworden. Nun hatte ich den großen Brummbären mit den Jahren doch recht liebgewonnen und wollte ihm gerne helfen, die geliebte, alte Tante zu besuchen. Als ich meinem lieben Mann davon erzählte, dass ich den Onkel nach England begleiten wollte, entschied er: Wir fahren alle zusammen, mit dem Wohnmobil!

Bei unserem nächsten Besuch in Bremen wurden der Tante und dem Onkel unsere Pläne inclusive Terminplan unterbreitet. Onkel Alfred war nie ein Mann großer und vieler Worte. Wir haben aber sehr wohl gemerkt, wie sehr ihn dieses Vorhaben freute.

Bert kümmerte sich um ein passendes Wohnmobil. Onkel Alfred hatte gesagt, es dürfe ruhig eine Kuh kosten. Das ist norddeutsch für „kommt nicht so darauf an". Ich kümmerte mich um Fähre und Campingplätze und Tante

Margret übernahm es, die englische Verwandtschaft von unseren Plänen per Brief zu unterrichten.

Wer mal gesagt haben soll, dass der August der beste Monat für eine Reise nach England wäre, ist nicht mehr herauszufinden. Und das ist auch das Glück desjenigen!

Also kamen Tante Margret und Onkel Alfred im August 1992 nach Saarbrücken. Anderntags holten die Herren unser amerikanisches Riesen-Schneckenhaus beim Vermieter ab und wir packten unsere Siebensachen für die Reise ein.

Am ersten Tag ging es bei wunderschönem Wetter bis nach Calais. Auf einen Campingplatz in der Nähe des Hafens haben wir übernachtet, denn die Fähre über den Ärmelkanal war erst für den nächsten Tag gebucht. Die Herren teilten sich die Fahrerei und Tante und ich guckten aus dem Fenster. Es war schön warm und wir waren froh, dass unser Zuhause auf Zeit über eine Klimaanlage verfügte.

Abends baute Tante Margret im hinteren Schlafzimmer des Wohnmobils ein Sitzbett für Onkel Alfred, weil er angeblich im Sitzen nicht so viel schnarchen würde. Bert und ich schliefen im geräumigen Alkoven. Seit diesem Urlaub kann ich sehr gut mit Ohropax umgehen und schlafen. Onkelchen schnarchte nämlich auch im Sitzen erstaunlich laut und das Schnarchen neben mir hallte im Alkoven ganz vortrefflich wider. Ohne Ohropax wäre ich während dieser Reise verrückt oder zur Mörderin geworden.

Anderntags überquerten wir mit einem Hoover-Luftkissenboot den Ärmelkanal. Als die Autofahrt in

England weiterging, musste Onkel Alfred im Wohnmobil zu Tante Margret auf die Bank. Ich wollte Bert etwas unterstützen. Das Fahren auf der falschen Straßenseite, und vor allen Dingen das Abbiegen, ist schon ziemlich gewöhnungsbedürftig. Aber unser Fahrer hat das Ganze natürlich vortrefflich gemanagt. Ich musste wirklich nur in wenigen Einzelfällen eingreifen.

Wir fuhren an der wunderschönen, englischen Südküste entlang nach Penzance, wo Onkel Alfreds Tante wohnte. Auf dem Weg dorthin besuchten wir das Seebad Brighton und gingen auf der alten Seebrücke spazieren. Natürlich nahmen wir dort auch einen Tee, wie es sich für kultivierte Menschen in England am Nachmittag gehört.

Gleich am ersten Morgen auf englischem Boden ging ich die Frühstücksbrötchen holen. Ich fragte den Ladenbesitzer nach den Wetteraussichten und erzählte ihm, dass ich drei Festlandseuropäer dabeihätte, die sagten, in England würde es immer regnen. Er entgegnete lächelnd, dass sie nicht enttäuscht sein würden. Ich liebe den englischen Humor seit je!

Um es kurz zu machen: wir hatten eine sehr schöne Zeit in England. Wir wurden von Onkel Alfreds Verwandten in York und Penzance freundlich aufgenommen. Wir haben bei strahlendem Sonnenschein eine Stadtrundfahrt in Stratfort-upon-Avon und einen Spaziergang in York gemacht. Man kann also nicht sagen, dass es dauernd geregnet hätte. Aber leider waren die sonnigen Tage sehr stark in der Unterzahl.

Onkel Alfred und Tante Margret haben die Reise, trotz der vielen Pfützen auf den Campingplätzen, sehr genossen. Meine schönste Erinnerung ist ein Blick von der Beifahrerseite aus nach hinten. Da saßen unsere Beiden auf der Bank, Schulter an Schulter, die Köpfe waren ihnen auf die Brust gesunken. Sie waren müde vom vielen Gucken und schliefen selig.

Ein paar Tage später sagte der Onkel, dass man in diesem Wohnmobil doch ganz vorzüglich im Sitzen schlafen könne. Als er dann ergänzte, dass er sich fragen würde, ob er jemals wieder ohne das Geklapper des Backofens würde schlafen können, wussten wir, dass er nicht das Sitzbett gemeint hatte.

Mein Liebster ist eine Seele von einem Menschen. Und für Menschen, die er gerne hat, tut er fast alles. Was er aber gar nicht gut aushalten kann, sind Kälte und Regen! Nach diesem Urlaub hat er nie wieder englischen Boden betreten und ich fürchte, das wird er in diesem Leben auch nie wieder tun.

Bert drängte vorzeitig darauf, die verregnete Insel zu verlassen. Wir bekamen gerade noch die letzte Fähre, bevor der Fährbetrieb wegen einer Sturmwarnung eingestellt wurde. Entsprechend war die Überfahrt. Selbst Onkel Alfred ließ ein nicht leergetrunkenes Glas Whiskey stehen, weil es ihm unter Deck mulmig wurde. So etwas hatte es meines Wissens noch nie vorher gegeben!

Mit unserer Rückkehr auf das Festland war unser Urlaub ja Gott sei Dank noch nicht zu Ende. Wir hatten noch eine knappe Woche bis zum Rückgabetermin für das

Wohnmobil und wollten noch etwas Sonne. Also auf nach Süden!

Nur leider war das Wetter auf dem Festland auch nicht viel besser als in England. Es war kalt und regnerisch. Auf jedem Campingplatz, den wir abends anliefen, sagte man uns, dass es bis gestern sehr schön gewesen wäre. So sind wir letztendlich am Sarner See in der Schweiz angekommen. Diesen wunderschönen Campingplatz kannten Bert und ich aus vorangegangenen Urlauben und hofften, hier noch ein paar schöne Tage genießen zu können.

Auch Onkel und Tante waren vom See und der Landschaft begeistert. Wir konnten ohne Regenschirm einen schönen Spaziergang machen und ein bisschen im See baden.

Abends haben wir in einem urigen Dorfgasthaus zu Abend gegessen und Schweizer Wein getrunken. Und nachts trommelte der Regen auf das Dach unseres Riesen-Schneckenhauses.

Am nächsten Morgen riss meinem Bert der Geduldsfaden! Nein, er wollte nicht noch weiter an den Lago Maggiore und auch dort frieren und nasse Füße haben! Wir packen und fahren heim! Ja, was will man tun, wenn der Chauffeur so entscheidet?

Während die Männer das Auto für die Rückreise vorbereiteten, saß ich mit der Tante am Ufer des Sees. Wir bewunderten für eine kleine Weile, ganz ohne Regen, das Panorama. Tante war traurig und hatte Tränen in den Augen:

„Oh, Mann. Das ist so schön hier! Und jetzt müssen wir schon wieder nachhause. Warum regnet das denn auch dauernd?"

Und seufzend fügte sie hinzu:

„Hier komme ich bestimmt im Leben nicht mehr her."

Dass die Männer mittlerweile hinter uns standen, hatten wir beide nicht bemerkt.

„Ihr braucht doch nur ein Wohnmobil zu mieten und hierherzufahren," war Berts Kommentar zur Sache. Onkel Alfred guckte etwas verständnislos. Ich wusste inzwischen aber, dass solche Sätze, von Bert gesprochen, im Onkel etwas bewegten. Es dauerte manchmal nur eine Weile, bis sie ihre volle Wirkung entfalteten.

Noch eine neue Liebe für den Onkel

Bert hatte dem Onkel am Sarner See einen Floh ins Ohr gesetzt. Er hatte gesagt, man bräuchte ja nur ein Wohnmobil mieten und dann könnte man wieder an diesen wunderbaren See fahren. Dieser Gedanke hat den Onkel wohl nicht mehr losgelassen. Und so verging gar nicht sehr viel Zeit, bis wir aus Bremen hörten, dass Onkel Alfred einen Vermieter von Wohnmobilen gefunden hatte. Detailliert beschrieb der Onkel meinem Liebsten die angebotenen Fahrzeuge. Bert empfahl ihm eines und riet ihm, dieses Fahrzeug einfach mal für ein Wochenende zu mieten, um zu sehen, ob er damit zurechtkäme.

Na ja, und wenn unser Onkel erst einmal in Fahrt gekommen war, dann gingen die Dinge manchmal erstaunlich schnell. Es waren nur wenige Wochen vergangen, als aus Bremen die Meldung kam:

„Wohnmobil fahren macht Spaß! Wir wollen im nächsten Jahr drei Wochen an den schönen See in der Schweiz. Kommt ihr mit?"

Wir einigten uns darauf, dass wir in einem separaten Wohnmobil für eine Woche mitfahren würden. Mehr lies unsere Urlaubsplanung für das Jahr 1993 nicht zu.

Und so kamen Tante und Onkel im September 1993 mit ihrem gemieteten Wohnmobil nach Saarbrücken. Anderntags wollten wir gemeinsam weiter an den Sarner See reisen.

Inzwischen kannte ich meinen Onkel recht gut und ich sagte es meinem lieben Mann, bevor Onkel und Tante aus Bremen kamen:

„Ich sage dir, der will nach Italien. Ich bin mal gespannt, wie er dir das verkauft.‟

Bert war skeptisch.

„Nee, der ist das erste Mal mit einem Wohnmobil unterwegs. Das traut der sich nicht. Bis in die Schweiz, ja, und außerdem sind wir ja auch noch dabei, aber Italien? Nee, glaub ich nicht.‟

Ich zuckte mit den Schultern. Ich bin es seit je gewohnt, dass mir viele Leute vieles nicht glauben, aber das kann ich ganz gut aushalten.

Frühmorgens machten wir uns also – dieses Mal mit zwei rollenden Schneckenhäusern – auf den Weg und erreichten am frühen Nachmittag den Campingplatz am Sarner See. Zwei wunderbare Stellplätze direkt am Wasser schienen nur auf uns gewartet zu haben. Die Tante überschlug sich beinahe vor Begeisterung und Onkel Alfred platzte fast vor Stolz, als sie ihn überschwänglich lobte für die Idee, ein Wohnmobil zu mieten, und das auch noch für ganze drei Wochen! Sie klatschte in die Hände wie ein kleines Kind am Weihnachtsabend und ehe wir uns alle noch recht besonnen hatten, war sie schon im See. Wann sie sich wohl den Badeanzug angezogen hatte? Ja, wenn sie Wasser witterte, lief meine liebe Tante immer zur Höchstform auf.

Mit einem ausgiebigen Bad im See entspannten wir uns von der Autofahrt und überlegten später, in der Sonne liegend, ob wir das Gasthaus vom letzten Mal noch einmal besuchen, oder nach einem anderen Ort fürs Abendessen Ausschau halten sollten.

Onkel Alfred äußerte den Wunsch, noch einmal das gute Berner Rösti zu essen, dass ihm vom letzten Jahr her in Erinnerung war. An diesem Tag hätte die Tante ihm wahrscheinlich jeden erdenklichen Wunsch nach Kräften erfüllt. Also spazierten wir zur Abendessenszeit in das Dorfgasthaus. Nach dem Essen gönnten wir uns eine weitere Flasche Wein, als Onkel Alfred bemerkte:

„Die Schweiz ist ja ganz schön teuer."

Da er Recht hatte, reagierte niemand von uns auf diese Aussage. Wenig später fuhr er fort:

„Wie teuer mag wohl das Campen in Italien sein?"

Ich konnte mir ein Grinsen nicht verkneifen. Aber Bert hat überhaupt nicht reagiert. Er unterhielt sich gerade mit Tante Margret. Und so war das Thema für diesen Abend erledigt.

Am nächsten Morgen war der Himmel in der Schweiz wolkenverhangen und es war unangenehm frisch. Wir trafen uns zum Frühstück im Bistro des Campingplatzes. Onkel Alfred bemerkte beiläufig:

„In Italien scheint ja meistens die Sonne."

Und nach einem weiteren Pluntschli (so heißen Brötchen in der Schweiz) fuhr er fort:

„Sag, mal Bert, wie weit ist es eigentlich von hier bis nach Italien?"

Bert guckte etwas irritiert und verständnislos.

„Ich meine ja nur," fuhr Onkel Alfred fort, „wo es hier doch ziemlich teuer ist und nun wird auch noch das Wetter schlecht."

Bert zwinkerte mir zu. Er zuckte betont gleichmütig mit den Schultern und sagte:

„Na ja, in drei bis vier Stunden könnten wir am Lago Maggiore sein."

„Das ist ja ein Klacks," war Onkel Alfreds Kommentar.

Bert grinste:

„Du hast wirklich Recht, Alfred. Bevor wir uns hier kalte und nasse Füße holen, sollten wir nach Italien fahren. Hat jemand was dagegen? Nein? Gut! Die Frauen packen zusammen, Alfred und ich gehen bezahlen und dann ziehen weiter!"

Und so geschah es. Als wir durch den St. Gotthard-Tunnel fuhren (17 km in Dunkelheit!) hörte ich im Geiste die jubelnde Stimme meiner Tante:

„Oh, Alfred! Wie schön! Wir fahren nach Italien! Da ist es bestimmt schön!"

Und als wir durch den Tunnel durch waren, schien, wie fast immer bei dieser Gelegenheit, die Sonne und ich hörte wieder meine Tante:

„Guck' mal, die Sonne! Ist das hier schon Italien? Egal, Hauptsache, die Sonne scheint! Das wird toll!"

Und so zockelten Tante und Onkel in ihrem Schneckenhaus hinter dem unseren her auf unseren Lieblingscampingplatz in Verbania am Lago Maggiore. Der Lago selbst, seine wunderschöne Umgebung und die reizenden, kleinen Orte begeisterten Onkel und Tante total. Tagsüber haben wir schöne Ausflüge gemacht, auf die Isola Bella mit ihren beeindruckenden Gärten, nach Stresa und Pallanza. Abends fuhren wir mit unseren Fahrrädern in nette kleine Restaurants der Umgebung. So haben wir zum Beispiel im Ristorante Miralago in Feriolo den 30. Hochzeitstag von Onkel und Tante gefeiert.

Aber an einem Tag haben wir auch Knipp am Lago Maggiore gegessen. Tante Margret hatte diese Bremer Spezialität tiefgekühlt mitgebracht. Manchmal muss es eben auch in der Ferne etwas von daheim sein.

Es waren traumhafte Tage, die wir niemals vergessen werden. Was hatten wir für einen Spaß zusammen! Speziell an einem Abend, an dem wir wieder einmal mit den Fahrrädern in die nahe gelegene Pizzeria eines Reiterhofs gefahren waren. Jahrelang gab es dort die allerbeste Pizza weit und breit. Auf dem Rückweg fuhr Onkel Alfred an diesem Abend ziemlich schnell voraus. Wir dachten, er müsste vielleicht mal auf die Toilette. Tante und ich fuhren in gemächlichem Tempo hinterher und Bert bildete die Nachhut. Als wir uns unseren Wohnmobilen näherten, die im Schatten einiger großer Bäume im Dunkeln standen, stiegen wir ab. Die Tante drehte sich nach mir um:

„Bärbel, da ist jemand."

„Ja, liebe Tante. Das soll auf Campingplätzen vorkommen, dass da Leute sind."

Aber die Gestalt, die sich da hinter den Bäumen bewegte, schien mir auch nicht recht geheuer. Wir sahen uns nach unseren Männern um. Es war wie so oft im richtigen

Leben, immer, wenn man sie mal braucht, sind sie nicht zu sehen. Ich versuchte ein vorsichtiges:

„Hallo? Ist da wer?"

Das lockte die große, kräftige Gestalt aus dem Schatten der Bäume hervor. Sie kam im Dunkeln langsam auf uns zu. Sie ging etwas gebückt, breitbeinig und mit schlenkernden Armen. Und sie trug eine wunderliche Kopfbedeckung. Ich glaube, Tante und ich hatten uns noch nicht entschieden, ob wir weglaufen oder schreien sollten, da hörten wir hinter uns Bert prusten:

„Alfred, hör auf, den Mädels Angst zu machen."

„Spielverderber,"

antwortete die seltsame Gestalt. Onkelchen hatte sich den Schonbezug seines Fahrradsattels auf den Kopf gesetzt und uns den Klabautermann des Campingplatzes gemacht. Wie lange wir damals gelacht haben, weiß ich nicht mehr. Aber wir haben noch oft lange und herzlich über diesen Abend gelacht. Und selbst jetzt, wo Onkel Alfred nicht mehr bei uns ist, lachen wir, wenn wir an diesen Abend zurückdenken, wenn auch mit einem Tränchen im Auge.

Es war wirklich eine sehr schöne Woche. Aber auch schöne Sachen haben ja die Eigenart, dass sie vorbei gehen. Bald mussten wir uns verabschieden und die Heimreise antreten.

Onkel und Tante sind zunächst alleine weiter an den Gardasee gereist. Da zog es sie aber künftig nicht mehr hin. Sie hatten ihr Herz an den Lago Maggiore verloren.

Auf der Rückfahrt von Italien nachhause sind Tante Margret und Onkel Alfred über Sachsen gefahren. Tante

Margret wollte ihrem Mann zeigen, wo sie während des Krieges, in der Kinderlandverschickung, für eine lange Zeit zuhause war.

Der Lago Maggiore hat Tante Margret und Onkel Alfred nicht so schnell wieder losgelassen. Und weil es da doch so schön war, fuhren sie gleich im nächsten Jahr wieder hin.

Dieses Mal nahmen sie den grünen 5er BMW, besetzt mit Tante und Onkel und Tante Erika (Tante Margrets Schwester) und Waltraud (genannt Waldi), der Witwe von Onkel Alfreds Bruder Hans. Die Gesellschaft hatte sich zwei Wohnwagen auf „unserem" Campingplatz am Lago gemietet. Auf dem Weg dorthin, und auch auf dem Rückweg, wurde jeweils eine Nacht in Saarbrücken Station gemacht.

Sie hatten viel Spaß zusammen, die vier, und sie vertrugen sich gut. Auch der kräftige Gewitterschauer, der eine Nacht lang ihre Wohnwagen unter Wasser setzte, konnte dem Spaß und der Freude keinen Abbruch tun. Und Onkel Alfred erzählte stolz, dass er auf dem Campingplatz viele bewundernde Blicke geerntet hätte. Gleich drei Frauen? O la la.

Bald nach unserem gemeinsamen ersten Urlaub am Lago Maggiore habe ich Tante Margret und Onkel Alfred vier schöne Espresso-Tassen geschenkt. Denn seit sie den Lago Maggiore kennengelernt hatten, liebten Tante und Onkel es, nach einem guten Essen auch einen Espresso zu trinken. Bis zum heutigen Tage, und wahrscheinlich solange unsere liebe Tante noch unter uns weilt, ist es immer wieder eine Freude, mit ihr zusammen nach dem Essen Espresso und einen Grappa zu trinken und sich gemeinsam an unsere Italien-Reisen zu erinnern.

Lasst uns noch etwas weiter wegfahren

Wann immer wir uns mit Tante Margret und Onkel Alfred trafen, nahm das Thema Reisen in unseren Gesprächen großen Raum ein. Wir erzählten von unseren diversen Touren und sie von ihren Ausflügen z.B. mit der Siedlungsgesellschaft nach Paris. Ich wusste aber schon immer, dass meine liebe Tante nichts mehr liebte, als das Wasser. Wenn sie nur ins Wasser konnte, dann war sie glücklich. Und ob es nun die Nordsee oder die Ostsee, der Lago Maggiore oder der Sarner See war, Wasser und Schwimmen waren die Hauptsache. Wieviel Spaß würde meiner lieben Tante wohl eine sogenannte Blaue Reise durch die türkische Ägäis machen? Ich war mir inzwischen sicher, dass ich auch das hinbekommen würde. Aber man durfte Onkel Alfred auch nicht überfordern und der Tante nicht vor der Zeit die Nase lang machen. Also immer schön langsam. Und außerdem war ich auch nicht sicher, ob die Beiden sich auf einem Boot wohlfühlen würden.

Wie gut, dass das Leben doch immer wieder auch Kompromisse anbietet! Eines Abends fiel mir in Bremen ein, wieviel Spaß uns auch die Touren mit dem Hausboot auf den französischen Kanälen gemacht hatten. Wir waren schon oft dort, mit Freunden, mit Berts Kindern, mit Lotti und Christian. Und wie man Onkel Alfreds Interesse an etwas Neuem weckt, das hatte ich ja inzwischen herausgefunden.

Aufgrund der Erfahrungen in England, in der Schweiz und in Italien war Onkel Alfred nun schon deutlich mutiger, was das Thema Reisen anbelangte. Die Idee, in Frankreich mit uns Motorboot zu fahren, fand er großartig. Und wenn das Onkelchen erst einmal in Fahrt gekommen war, dann war er so leicht auch nicht mehr zu bremsen.

„Wie groß, sagtest du, ist so ein Boot? Und das können wir fahren? Was kostet das? Sag´ mal, wie viele Leute gehen auf so ein Hausboot?"

Bert schilderte ihm unsere Erfahrungen in den schönsten Farben:

„Es kommt darauf, mit wie vielen Leuten du fahren willst. Gibt kleine Boote, größere und ganz große. Und ja, wir können sowas fahren, gar kein Problem. Ich habe ja einen Führerschein dafür. Und es gehen so viele Leute auf das Hausboot, wie du willst und je nach dem, wie groß das Ding ist, kostet es halt. Dazu kommt noch die Autofahrt nach Frankreich, die Autobahngebühr, Sprit fürs Boot und was Essen und Trinken müssen wir natürlich auch."

Und er nannte ihm unseren Erfahrungswert für eine Woche für zwei Personen. Ohne lange nachzudenken, stand für den Onkel fest:

„Jaaa, das könnte man ja auch mal machen."

Und nach einer kleinen Weile setzte er nach:

„Wir haben uns ja mit Waldi und Erika ganz gut vertragen. Sollen wir sie fragen, ob sie mitwollen? Oder hättet ihr was dagegen?"

Warum sollten wir denn? Zumal das Strahlen in Tante Margrets Augen schon unübersehbar war.

„Soll ich gleich mal anrufen und fragen?"

Und schon flitzte sie zum Telefon. Vorsichtig wandte ich ein:

„Sollen wir nicht erst einmal eine Nacht drüber schlafen?"

Im Duett kam die Entgegnung von Tante und Onkel:

„Wofür?"

Also wurde natürlich sofort telefoniert. Schließlich hatte man ja sowohl Tante Erika als auch Waldi von unseren Reisen mit dem Hausboot schon erzählt und mit uns zusammen reisen, da waren sie sich schnell einig, gar keine Frage, das machen wir! Und so hatte das kleine, private Reisebüro Adalbert Früchtl / Bärbel Schneider wieder einmal ein Projekt.

Im Juni 1995 kam Onkel Alfred mit seinem kleinen Harem im BMW wieder einmal nach Saarbrücken. Bert hatte von der Citroen Niederlassung ein großes Auto geliehen, einen 7-Sitzer, in den wir alle samt Gepäck hineinpassten. An einem schönen Samstagmorgen ging es in aller Herrgottsfrühe los. Es ist ein gutes Stück zu fahren bis nach St. Gilles in Frankreich. Die Herren saßen vorne und wechselten sich mit dem Fahren ab. Die Tanten und ich saßen in der Mitte und die zierliche Waldi auf einem der hinteren Sitze. Jede von den Damen hatte eine Tasche oder ein Köfferchen zwischen den Füßen und auf dem Rückweg fanden wir sogar noch Platz für eine Kiste Wein, den guten Muscat de Frontignan. Aber mehr ging auch beim allerbesten Willen nicht mehr ins Auto.

In St. Gilles übernahmen wir unser Boot, was weiter kein Problem war, da wir ja im Umgang mit dem Hausboot erfahren waren, wie der Instrukteur nach wenigen

Minuten bemerkte. Schnell wurde noch für jeden ein gemietetes Fahrrad mit verladen und dann lichtete Kapitän Bert den Anker. Tante Margret, Tante Erika und Waldi bezogen die Bugkabine mit Bad. Da gab es ein großes Doppelbett für die Tanten und ein Einzelbett für Waldi. Onkel Alfred bekam eine Kabine ganz für sich alleine. Da durfte er nach Herzenslust schnarchen und brauchte auch nicht im Sitzen zu schlafen, wie in England. Bert und ich hatten eine Kabine für uns und teilten uns mit Onkel Alfred ein Bad.

Gleich am ersten Abend, auf dem Marktplatz von Aigues Mortes, warf eine dunkle Zukunft ihre Schatten voraus. Aber das wussten wir damals – Gott sei Dank – noch nicht. Onkelchen konnte nicht mehr gut in allen Stühlen sitzen. Die Hüfte und der Rücken taten ihm in bestimmten Stühlen weh. Wir hielten das für eine Marotte und suchten halt abends so lange, bis wir ein Restaurant mit passenden Stühlen für den Onkel gefunden hatten. Das war in dieser Gegend Frankreichs gar kein Problem, da dort ein Restaurant am anderen liegt.

In der ersten Nacht ging ständig die Toilettenspülung. Die Pumpe, die diese betreibt, raubte mir die Ruhe. Ich dachte mir, ich sollte am folgenden Tag vielleicht mal mit Onkel Alfred über das Thema Prostata reden. Aber am nächsten Morgen stellte sich heraus, dass die arme Tante Margret eine recht unruhige Nacht gehabt hatte. Wir hatten vergessen ihr zu sagen, dass man das Wasser aus der Leitung des Schiffes nicht trinken sollte. Gott sei Dank hat die Verstimmung ihrer Innereien nur einen Tag und eine Nacht lang angehalten.

Als wir am ersten Morgen auf unserem Hausboot erwachten, trommelte der Regen auf das Dach! Mein Liebster sah mich ziemlich missmutig an. Das weckte ungute Erinnerungen an unsere England-Reise in ihm.

„Das Eine sage ich dir, wenn das wieder ein total verregneter Urlaub wird, war das mein letzter Urlaub mit den Bremern!"

Der liebe Gott hat meine Gebete erhört und ab 11 Uhr schien die Sonne! Das tat sie von nun an tagsüber immerzu mehr als reichlich.

Onkel Alfred schwelgte in dieser Woche in Fischen und Schalentieren mit ganz viel Knoblauch. Von nun an belehrte er seine Mitmenschen:

„Ihr wisst ja gar nicht, was Knoblauch ist. Ihr müsst mal nach Südfrankreich fahren!"

Ganz besonders hatte es dem Onkelchen die Bouillabaisse angetan, die typisch französische Fischsuppe, die mit Brot und viel Knoblauchmayonnaise gegessen wird. Tante Margret war mit dem Essen nicht so froh. Sie steht so gar nicht auf Fisch. Aber es fand sich auf jeder Speisekarte auch etwas Leckeres für sie. Tante Erika ist auch ein Fisch-Fan und die gute Waldi, die ja noch nie viel aus ihrem Dörfchen bei Achim herausgekommen war, hat alles aufgegessen, was wir für sie bestellt haben. Ich habe sie und ihren Mut richtig bewundert. Sie saß einmal vor einer köstlichen plateau de fruit de mer (Meeresfrüchteplatte) und staunte:

„Was? Das kann man alles essen? Sowas habe ich ja noch nie gesehen! Da müsst ihr mir aber zeigen, wie das geht!" Genüsslich und langsam hat sie alles verspeist, was auf der Platte essbar war und am Ende des Urlaubs war sie eine wahre Großmeisterin im Zerteilen und Vertilgen von Fischen und Schalentieren.

Onkel Alfred war mit sich und der Welt zufrieden und sehr stolz auf sich. Was er seinen Frauen nicht alles bieten konnte! So etwas hätte Waldi ja mit seinem Bruder zusammen niemals erlebt. Der hätte ja allenfalls mal Verwandte im Westerwald besucht, wenn überhaupt. Bert und ich schmunzelten in uns hinein. Wir freuten uns darüber, wie glücklich und zufrieden alle in der Sonne dösten, am Wein nippten und die schöne Welt anstrahlten. Selbst unsere etwas spröde Tante Erika taute ein wenig auf. Nach einer neuerlichen Enttäuschung hatte sie, nach eigener Aussage, nichts mehr mit Männern am Hut. Aber nach einem fürstlichen Abendessen, mit reichlich gutem Wein, bemerkte sie:

„Guck mal, da hinten, der kleine Franzose. Wenn man den etwas duschen würde, wäre der ja gar nicht so schlecht."

Der ca. 40-jährige Südfranzose, nicht sehr groß, aber nett anzusehen, äugte bereits interessiert in unsere Richtung.

Ich wollte ja gerne helfen:

„Tja, liebe Tante. Mein Französisch ist ja nicht das Allerbeste. Aber soll ich mal fragen gehen?"

„Will ja nicht reden," brummelte das Tantchen, was mich nun wirklich erstaunte. Ein leicht strafender Blick ihrer großen Schwester beendete dann diese Romanze, noch bevor sie richtig begonnen hatte.

Rückblickend sehe ich heute aber auch erste dunkle Schatten. Bei den Anlegemanövern war Onkel Alfred erster Leinenmaat. Er war zu dieser Zeit noch sehr kraftvoll und beweglich. Aber in jenem Jahr hatte ich erstmals den Eindruck, dass bei ihm die Strecke von Augen und Ohren, über das Gehirn bis hin zu Händen und Füßen, länger geworden war. Es dauerte manchmal ungewöhnlich lange, bis er den Anweisungen unseres Käptens folgte. Damals schob ich das auf das Alter und eine gewisse Unsicherheit. Hinterher weiß man mehr.

Alles in allem was es eine ganz tolle Woche, wenn man mal davon absieht, dass uns in Marseillan die Fahrräder geklaut wurden. Den Besuch bei der Polizei und die Anzeige hätte ich mir wahrscheinlich sparen können. Ich hatte das Gefühl, die nehmen das Ganze nicht so wirklich ernst. Etwas Sorge bereitete uns allerdings die Tatsache, dass wir laut Vertrag bei Verlust der Fahrräder pro Stück 200 Mark zu zahlen hätten. Das schien uns sehr viel Geld für sechs alte, klapprige Klappfahrräder zu sein, auch wenn sie fahrtüchtig waren. Bei unseren Überlegungen kamen wir zu dem Schluss, dass aufgrund der Reaktion des Hafenmeisters und der Polizei solche Diebstähle nicht ungewöhnlich waren. Wir hegten sogar den Verdacht, dass der Vermieter – oder wer auch immer – daraus ein lukratives Zusatzgeschäft generierte. Am Abreisetag räumten wir also unser Boot aus und stellten das Auto mit laufendem Motor vor das Büro des Vermieters. Die Männer gingen hinein und antworteten auf die Frage, ob alles in Ordnung gewesen wäre, dass wir einen tollen Urlaub gehabt hätten. War ja nicht gelogen, oder? Dann machten wir, dass wir fortkamen. Aufgeatmet haben wir erst, als wir die erste Mautstelle passiert hatten ohne festgenommen worden zu sein. Anständige Deutsche haben wenigstens ein schlechtes Gewissen, wenn sie etwas nicht ganz Korrektes tun.

Ob die Leute in der Vermietung je herausgefunden haben, dass ihnen sechs Fahrräder fehlten? Wenn, dann ganz sicher nicht an einem An-/Abreisetag, denn da ist dort immer der Teufel los.

Von den Fischen, den Schalentieren, der Fischsuppe und dem reichlichen Knoblauch am Essen hat Onkel Alfred noch sehr, sehr lange geschwärmt.

Und wenn wir heutzutage unsere liebe Tante Margret besuchen, nehmen wir gelegentlich auch von dem guten Muscat de Frontignan mit. Mindestens ein Gläschen trinken wir dann gemeinsam und schwelgen in Erinnerungen an unsere Reise mit dem Hausboot in Südfrankreich.

Die Zeiten ändern sich

Im November 1989 fiel die Berliner Mauer. In der Folge gab es viele politische Veränderungen in Deutschland und Europa. Diese machten unter anderem unproblematische Reisen nach Litauen, ins Memelland, möglich. Onkel Alfred schloss sich schon bald einer Reisegruppe an, um die alte Heimat zu besuchen. Tante Margret begleitete ihn. Er fuhr später noch mehrmals dorthin, mal mit, mal ohne Tante und einmal sogar mit seiner Schwester Hanna. Wenn er wiederkam, zeigte er Bilder von den Stätten seiner Kindheit. Mit bewegter Stimme erzählte er von Orten, an die er sich erinnerte. Nein, zurück wollte er nicht. Er war einfach froh, dass er die Heimat von Zeit zu Zeit besuchen konnte. Er knüpfte Verbindungen zu deutschsprechenden Litauern. Es entstanden Freundschaften, man besuchte sich gegenseitig.

Ich staunte. Die Schlesier meiner Familie fuhren auch in die alte Heimat. Aber diese Begeisterung, die ich bei Onkel Alfred sah, wenn er von den Besuchen der Heimat sprach, die habe ich bei den Schlesiern meiner Verwandtschaft nicht gesehen, mit einer einzigen Ausnahme. Diese Ausnahme habe ich in meinem Büchlein „Sie kamen aus dem Mohnkuchenland" verarbeitet.

Onkel Alfred konnte stundenlang davon erzählen, wie es früher war und wie es sich heute darstellte. Er wusste genau, wo welches Gebäude gestanden hatte und wer dort gewohnt hatte. Er fand die Orte seiner Kindheit und fotografierte, was noch zu sehen war. Und er schien nie müde zu werden, den Menschen von seiner alten Heimat zu erzählen. Es war erstaunlich, was er noch alles wusste! Er war doch erst zehn Jahre alt, als er Ostpreußen verlassen musste. Seine kraftvollen, bunten Erzählungen vermittelten mir einen Eindruck davon, wie wichtig ihm seine Herkunft war.

Wann ich den dekorativen Druck einer alten Ostpreußen-Karte in Berlin in einem Schaufenster entdeckte, weiß ich nicht mehr. Ich dachte mir, dass diese Karte Onkel Alfred gefallen könnte und kaufte sie. In Saarbrücken ließ ich sie rahmen und zu Onkel Alfreds nächstem Geburtstag hatte ich „zufällig" einige geschäftliche Termine in Norddeutschland. Die Karte reiste, sorgfältig in eine Wolldecke gewickelt, mit mir auf dem Rücksitz meines Autos nach Bremen. Als ich das Bild aus der Decke schälte und Onkel Alfred zum Geburtstag überreichte, hielt er es sehr lange schweigend in den Händen. Dann zeigte sein Finger:

„Da ist Klaipeda. Da komme ich her."

Er sah mich mit feuchten Augen liebevoll an.

„Die braucht einen schönen Platz."

Und er ging, Werkzeug zu holen. Gäste und Kaffee und Kuchen waren auf einmal zweitrangig. Erst als die Karte an ihrem Platz in der Diele hing, war der Onkel zufrieden und widmete sich wieder der Geburtstagsfeier.

Dort hing sie nun, die alte Ostpreußen-Karte, bis Onkel und Tante das Haus verließen. Nun konnte Onkel Alfred allen Menschen zeigen, wo er herkam. Ich hätte nie gedacht, wie wichtig ihm diese Karte einmal sein würde. Aber dazu später mehr.

Ostpreußen können ganz schön starrköpfig sein

Wenn unser Onkel Alfred mit jemandem böse war – berechtigt oder nicht – war es nicht ganz einfach, ihn mit der betreffenden Person wieder in Verbindung zu bringen. Zweimal ist es mir – Gott sei Dank - gelungen.

Aus welchem Grund er mit seiner Schwester Hanna über Kreuz geraten war, weiß ich gar nicht. Auf jeden Fall redeten die Beiden schon mehrere Jahre nicht miteinander. Und wer von uns hat schon genügend Schwestern, um jahrelang auch nur mit einer nicht zu reden? Tante Hanna versuchte den sprichwörtlichen ersten Schritt und schickte eine Einladung. War es zu einem runden Geburtstag oder zur Goldenen Hochzeit? Auch das weiß ich nicht mehr. Jedenfalls betonte Onkel Alfred mehrmals und sehr deutlich, dass er nicht daran dächte, diese Einladung anzunehmen. Natürlich hatte er für sein Verhalten jede Menge hinreichende Gründe, zumindest aus seiner Sicht. Ja, auch aus meiner Sicht könnte es Gründe geben, mit einem anderen Menschen jedweden Kontakt abzubrechen. Es sind aber wirklich nur ganz, ganz wenige und Onkel Alfred führte keinen von ihnen zu seiner Rechtfertigung an. Mein Mann und ich sind uns immer einig gewesen, dass das Schlimmste was einem im Leben passieren kann, ist, an einer Beerdigung teilnehmen zu müssen und sich zu fragen, warum man denn um Himmelswillen diese oder jene Angelegenheit nicht zu Lebzeiten des Verstorbenen klären konnte. Bert versuchte es vorsichtig mit Onkel Alfred und Reden. Er wies darauf hin, dass sowohl der Onkel als auch besagte Tante Hanna nun nicht mehr die Jüngsten wären und es doch vielleicht besser wäre, wenn der Onkel seinem Herzen einen Stoß geben würde. Aber selbst mit den vernünftigsten Argumenten hatte man zeitweise bei unserem Onkel keinen Erfolg, leider. Im Gegenteil, man konnte froh sein, wenn das Ganze nicht zu einer hitzigen Diskussion mit anschließendem Bruch ausartete. Tante und ich wechselten geschickt das Thema und wahrscheinlich gab es auch etwas Gutes zu essen und zu trinken und damit war der Fall erst einmal erledigt.

Mir ließ es allerdings keine Ruhe. Ich schrieb Onkel Alfred einen langen, sehr persönlichen Brief. Ich versuchte ihm klarzumachen, dass nun, wo seine Eltern und sein Bruder bereits verstorben waren, Tante Hanna eine der letzten lebenden Verwandten wäre. Und ich wollte ihn davor bewahren, sich irgendwann einmal an ihrem Grab zu fragen, worum es bei ihrer Auseinandersetzung eigentlich ging.

Tante Margret hat mir später erzählt, er habe den Brief wieder und wieder gelesen. Wie schon gesagt, ein Mann großer Worte war unser Onkel nie. Aber die Einladung seiner Schwester hat er letztendlich angenommen und von da an pflegten die Geschwister wieder regelmäßigen Kontakt. Ich bin sicher, sie haben beide nie über die Angelegenheit geredet. So etwas war bei ihnen auch nicht nötig. Sie waren ja vom gleichen Schrot und Korn.

Bei einer anderen Gelegenheit kam ich eines schönen Sommertages in Bremen an und fand Onkel Alfred nachdenklich und grüblerisch im Garten sitzend. Das hatte ich noch nie erlebt. Ich ging in die Küche, um die Tante zu fragen, was denn los wäre.

„Ich weiß auch nicht, was mit ihm los ist. Das geht schon seit Tagen so."

Tante Margret war ratlos und das kam nun weiß Gott auch nicht oft vor. Ich setzte mich also zu unserem Brummbären und fragte ihn ganz direkt, was denn sein Herz so schwer machte. Er erzählte mir, dass Elke, eine seiner Nichten, Brustkrebs hätte und er sich Sorgen machen würde. Sie hätte doch einen kleinen Jungen und sei noch so jung. Elke war früher oft mit meiner Schwester Lotti zusammen bei Tante und Onkel gewesen. Die beiden haben gerne miteinander gespielt und sich gut vertragen. Ich versuchte, den Onkel zu trösten:

„Brustkrebs ist eine Diagnose, Onkel. Kein Todesurteil."

In diesem Fall behielt ich – dem Himmel sei Dank – Recht. Elke ist heute noch bei guter Gesundheit. Aber dann kam eine Frage, die ihm offenbar auf der Seele brannte:

„Weißt du, wie es Lotti geht?"

Natürlich wusste ich das. Hatten wir doch gerade gestern Abend zusammengesessen und uns gegenseitig erzählt, was es Neues gibt und einen Gin Tonic zusammen getrunken. Lotti war nun auch schon seit einigen Jahren persona non grata bei Onkel Alfred. Warum? Ich glaube, keiner hat es je wirklich gewusst. Ich konnte dem Onkel mit Fug und Recht sagen, dass es Lotti gut geht. Wir schwiegen eine Weile, mein Onkel und ich. Aber dann packte ich den Stier bei den Hörnern. Schließlich litten beide unter der derzeitigen Situation, der Onkel so viel wie meine Schwester. Die Frage war nur, wer von den beiden Dickschädeln zuerst nachgeben würde.

„Sag, Onkel. Was würdest du tun, wenn Lotti an der Haustür stünde?"

Die Antwort kam leise, aber deutlich:

„In den Arm nehmen."

Ich schnappte mir meine Autoschlüssel.

„Warte hier, bin gleich wieder da."

Ich fuhr zu meiner Schwester. Als Krankenschwester im Schichtdienst genoss sie gerne ihren freien Tag mit einem späten Frühstück im Bett.

„Los! Aufstehen und anziehen! Wir fahren zu Onkel Alfred!"

Ihre Augen leuchteten, aber so ganz überzeugt schien sie nicht.

„Warum jetzt?"

„Weil ich ihn gerade gefragt habe, was er täte, wenn du vor ihm stündest. Und er hat gesagt, in den Arm nehmen. Jetzt liegt es bei dir!"

So schnell habe ich weder davor noch danach meine Schwester unter die Dusche und in die Kleider sausen sehen. Und in der Folge war damit wieder einmal eine längere, familiäre Schweigeperiode zu Ende.

Onkel Alfred und die Ausländer

Onkel Alfred und die Ausländer, das war ein etwas heikles Thema. Nein, wirklich ausländerfeindlich oder gar rassistisch war der Onkel nicht. Ausländerskeptisch wäre wohl das passendere Wort gewesen in diesem Zusammenhang. Da war so eine Art Misstrauen in ihm, Menschen gegenüber, die nicht aus Deutschland stammten. Hatte er aber erkannt, dass sie sich an unsere Spielregeln hielten, ordentlich arbeiten gingen, womöglich gut für ihre Familien sorgten und ihre Kinder gut erzogen, dann waren sie ihm recht. Dann war es ihm auch gleichgültig, woher sie kamen oder welche Hautfarbe sie hatten. Und Religion war für unseren Onkel sowieso gar kein Thema. Darüber machte er sich allenfalls gelegentlich etwas lustig. So tröstete er den Nachbarn aus dem Nahen Osten, der gerade herzhaft in ein angebotenes Schinkenbrot biss, mit den Worten:
„Das macht ja nichts, Said. Das Brot ist ja zusammengeklappt. Da sieht Allah den Schinken nicht."
Der Nachbar hatte dem Onkel erklärt, dass es die Höflichkeit seiner Heimat geböte, angebotenes Essen anzunehmen und auch aufzuessen. So haben sie immer einen Weg der Verständigung gefunden, Onkel Alfred und sein Freund und Nachbar Said.
Said hatte, wie Onkel Alfred, seine Heimat verlassen wollen oder verlassen müssen. Und zumindest zeitweise hatte er wohl Sehnsucht nach Palästina. So etwas verbindet offenbar.

Es war aber nun beileibe nicht so, dass die fremde Familie in der Siedlung mit offenen Armen aufgenommen wurde. Said hatte sich, mit Hilfe bereits in Bremen lebender Verwandtschaft, eine Existenz aufgebaut und ein Haus in der Rhadeland gekauft. Natürlich sahen diese Menschen anders aus. Sie hatten dunklere Haut und rabenschwarze Haare und lebten offenbar nach einem anderen Rhythmus als die anderen Bewohner der Rhadeland. Man beäugte sie also zunächst einmal misstrauisch. Es waren die Kinder, die auf Entdeckungsreise in die Nachbarschaft gingen. Sie waren aufgeweckte kleine Kerlchen, die schon sehr gut deutsch sprachen und neugierig und wissbegierig schauten, was auf den Höfen und in den Gärten der Nachbarschaft geschah. Nein, Berührungsängste kannten diese Kinder nicht.

„Was machst du da?"

Welches Kind zuerst Onkel oder Tante ansprach, ist nicht überliefert. Auf jeden Fall hatten diese Kinder nun freundliche Menschen gefunden, die sich gerne mit ihnen beschäftigten und ihren geduldig Rede und Antwort standen. Daraus wurde dann bald:

„Onkel Alfred, guck mal, mein Fahrrad ist kaputt. Kannst du das heile machen?"

Natürlich konnte er und er tat es ja auch gerne. Und so wurden die arabischen Kinder, wie Tante Margret und Onkel Alfred sie zunächst bezeichneten, Teile der Familie von Tante und Onkel. Oder war es womöglich umgekehrt? Denn schon bald hütete Tante Margret Haus und Garten der neuen Nachbarn, wenn die Familie verreiste. Die

Kinder wurden mit ins Schwimmbad genommen, die Damen tranken gemeinsam Tee oder Kaffee und Onkel Alfred wies Said in die Pflichten eines Hausbesitzers in Deutschland im Allgemeinen und in der Rhadeland im Besonderen ein. Es war schließlich wichtig, dass der Gehweg in Ordnung gehalten wurde, die Spielzeuge der Kinder weder auf der Straße noch auf dem Gehweg herumlagen, die Hecke ordentlich geschnitten wurde usw. usw. Das Ergebnis war zwar nicht immer zur hundertprozentigen Zufriedenheit des Onkels. Aber offenbar schätzte er seinen Freund Said und dessen Familie genügend, um über eine gelegentliche Abweichung von der Norm hinwegzusehen.

Die Freundschaft und Verbundenheit dieser so unterschiedlichen Familien überdauerte die Zeit. Und Tante Margret spricht heute noch gerne davon, dass sie Mitglieder der Familie auch in der Seniorenresidenz besucht haben.

Abschließend wäre zu bemerken, dass alle Kinder der Familie in Deutschland fleißig gelernt haben und alle einen guten, erfolgreichen Platz im Leben gefunden haben. Das hat meinen Onkel und meine Tante sehr froh gemacht.

Türken sind auch nette Menschen

Die Zeit mit Onkel Alfred und Tante Margret während unserer gemeinsamen Reisen war immer schön und bereichernd. Wir hatten die Beiden ganz für uns und es machte uns unendlich viel Spaß, zu sehen, wie sehr auch sie unser Zusammensein und neue Erfahrungen genossen. In meinem Hinterkopf spukte immer noch die sogenannte Blaue Reise herum. Wusste ich doch, wie gerne meine geliebte Tante im warmen Wasser badete. Nach Rücksprache mit meinem lieben Mann startete ich bei einem der nächsten Bremen-Besuche einen Versuchsballon. Denn nun, wo Onkel Alfred gerne mit uns in England, der Schweiz, Italien und Frankreich gewesen war, könnte man ja auch mal über die Türkei reden, oder?

„Na, Onkel Alfred, was hältst du davon, wieder mal Boot zu fahren?"

Er nickte Zustimmung.

„Und dürfte das Boot auch bisschen größer sein!"

Jetzt war er neugierig geworden und setzte sich kerzengerade auf.

„Wie groß?"

„Na ja, so acht Leute hätten da bequem Platz. Und wir wollten vielleicht mal Mama und Harry mitnehmen."

„Dann wären wir zu sechst. Wen noch?"

„Mit Werner und Elona waren wir schon öfter da unterwegs. Die würden auch gerne mitfahren."

Werner und Elona kannten Tante und Onkel von verschiedenen Feierlichkeiten und aus unseren Erzählungen.

Onkelchen schien zu überlegen. Tante Margret roch den Braten und wurde ganz unruhig. Aber sie wusste auch, wie der Hase im Hause lief und dass man gut daran tat, zuerst einmal dem Onkel die Nase lang zu machen. Ich führte meinen Plan näher aus:

„Also, ihr könntet zum Beispiel mit Mama und Harry nach Saarbrücken kommen und dann fahren wir zusammen nach Frankfurt. Von da aus fliegen wir nach Dalaman in der Türkei. Werner und Elona auch. Von Dalaman geht es mit dem Bus, einem kleinen, nur für uns, nach Marmaris. Und dort gehen wir an Bord eines großen Motorseglers. Da gibt's einen Kapitän, einen Steuermann und einen Schiffsjungen. Und wir haben den ganzen Tag nichts anderes zu tun als zu schwimmen, zu essen und zu trinken und uns auszuruhen, eine ganze Woche lang. Pro Paar haben wir eine Kajüte mit Bad, aber das Leben findet im Großen und Ganzen an Deck statt. Die Kajüte braucht es nur zum Schlafen in der Nacht. Wobei ich auch meistens draußen schlafe. Na, wie klingt das?"

Tantchen rutschte schon ganz unruhig in ihrem Sessel hin und her. Onkel Alfred stellte die Standardfrage:

„Und was kostet das?"

Wir konnten ihm den Preis pro Paar ziemlich genau sagen. Überlegt hat er nicht lange bis zur nächsten Frage:

„Wann geht´s los?"

Natürlich hatten wir den Plan schon komplett:

„Wäre der September recht? Da ist das Mittelmeer immer noch schön warm aber die Tage sind nicht mehr so heiß."
Ein fragender Blick zu Tante Margret:
„Ja, oder?"
„Ja klar! Aber ich muss jetzt in die Küche, Essen machen."
Und sie machte sich auf den Weg. Ich folgte ihr auf dem Fuß. Als die Küchentür hinter uns zu fiel, machte die Tante einen Hüpfer und einen Juchzer und umarmte mich.
„Oh Mann! Das hätte ich ja nicht gedacht, dass ich so etwas noch erleben würde! Hoffentlich ist bald September. Und klappt das auch wirklich?"
Ich konnte sie beruhigen.
„Na klar klappt das. Alles schon geklärt und vorbereitet. Wenn ich heimkomme, buchen wir."
Und so kamen im September Tante Margret und Onkel Alfred zusammen mit Mama und Harry im großen BMW in Saarbrücken angerauscht. Am nächsten Tag fuhren wir in aller Herrgottsfrühe mit zwei Autos nach Frankfurt. Ein Auto für sechs Leute mit Gepäck, das ging nicht. Am Flughafen wurden die Damen und Harry samt Gepäck ausgeladen und Bert und Onkel Alfred fuhren die Autos nach Groß-Gerau. Dort, vor dem Haus unseres Freundes Werner, würden sie auf unsere Rückkehr warten. Freunde von Werner und Elona haben die Beiden und unsere Fahrer an den Flughafen gefahren. Es war wirklich garstig früh. Aber wir bekamen am Flughafen wenigstens ein kleines Frühstück. Und schon zum Mittagessen waren wir an Bord in Marmaris.

Bevor Kaptan Ali ablegen konnte, mussten wir aber erst noch in den Basar. Elona brauchte noch Zigaretten und Mama hatte ihre Schwimmflügel vergessen. Seit ihrer Schilddrüsen-OP ging sie nicht mehr ohne diese ins Wasser. Das war nun eine echte Herausforderung, nach Schwimmflügeln für meine kleine, kugelrunde Mama zu suchen. Aber ein hilfreicher, junger Türke fand die Lösung für das Problem:

„Guck mal, Mama, speziell für dich,"

sagte er und schnipp, schnapp hatte er mit einer Schere aus einem Schwimmreifen für Windelmätze die Hosenträger herausgeschnitten und stülpte Mama den Rest über. Und siehe da, das Ding hat tatsächlich gepasst! An Bord waren die Koffer schnell ausgepackt, die Einkäufe aus dem Basar verstaut und dann konnten schon die Anker gelichtet werden. Für den ersten Tag sind wir nicht sehr weit gefahren. Eine schöne, kleine Bucht sollte es sein für das Abendessen und die Nacht. Aber vorher wurde natürlich auch das erste Mal gebadet. Bert zeigte Onkel Alfred und Harry, wie man mit Hilfe einer Poolnudel ewig lange im Wasser bleiben kann ohne zu ermüden und Mama dümpelte mit ihrem gelben Reifen vergnügt durch die Ägäis. Tante wollte keine Nudel, nur schwimmen! Alle waren glücklich und zufrieden!

Wir hatten zu acht eine Woche lang unendlich viel Spaß. Wir sind geschwommen, haben das gute Essen an Bord genossen, den einen oder anderen Bummel in kleinen Orten am Ufer gemacht und uns einfach des Lebens gefreut. Natürlich gab es auch die eine oder andere Anekdote.

Mama wollte ja nicht mehr so viel rauchen. Oder wollte Harry, dass sie weniger raucht? Wie auch immer, ich beobachtete, wie meine kleine Mama Zigaretten aus der Tasche meiner Freundin Elona stibitzte und unter Deck verschwand. Elona hat nur gelacht, als ich ihr anbot, Zigaretten zu kaufen wegen der diebischen Elster. Sie hatte es selbst schon gemerkt und hatte ihren Spaß dabei. Unter Deck sollte Mama nun überhaupt nicht rauchen wegen des ganzen Holzes. Hat sie aber doch getan, in ihrer Kajüte bei offenem Fenster. Bert sah, im Wasser schwimmend, den Rauch und rief ganz laut:

„Mama, Mama, komm schnell raus! Deine Kajüte brennt!" Wie oft die Kajüte gebrannt hat, weiß ich nicht mehr. Ich fand es auch immer ziemlich blöde, dass Mama auf ihre alten Tage aufhören wollte mit dem Rauchen, angeblich Harry zuliebe. Das Thema führte immer mal wieder zu Überraschungen, wie einem beinahe brennenden Sofakissen, hinter dem Mama zuhause ihre Zigarette im Aschenbecher versteckt hatte. Und bei einem Besuch von Mama und Harry in Saarbrücken fragte mich mein Mann, wann ich heimlich mit dem Rauchen angefangen hätte. Wir hatten zu viert Karten gespielt und Mama war alle naselang ins Bad gegangen. Ich dachte ja, sie hätte sich die Blase verkühlt. Aber der Geruch im Bad strafte diese Vermutung Lügen.

Aber zurück in die Türkei. Mama schaukelte also vergnügt mit ihrem Reifen im Meer. Einmal musste Bert sie allerdings einfangen, weil sie in eine Strömung geraten war.

Tante Margret freute sich wie ein Stint, wenn sie nur über Bord springen konnte. Ich glaube, Kaptan Ali hatte das Spiel nach ein bis zwei Tagen durchschaut. Wenn wir fertig mit frühstücken waren, hieß es:

„Alle Mann an Deck, wir legen ab!"

Antwort der Tante: „Neeeiin!" und schon war sie wieder über Bord gesprungen um noch einige Runden zu schwimmen. Ich denke, die Mannschaft hat die Zeit zum Frühstücken und Aufräumen genutzt und wenn wir genug geschwommen hatten, wurde halt weitergefahren.

Im Nachhinein waren Bert und ich froh, dass wir uns sehr schnell zu dieser Reise entschlossen hatten und das Ganze auch durchgezogen haben. Denn zwei Jahre später bekam Mama einen Schlaganfall.

Den Bremern hat es in der Türkei so gut gefallen, dass sie im Jahr darauf zusammen in die Türkei in den Club Aldiana gereist sind. Dort war ich einige Jahre zuvor mit Mama eine Woche lang und sie hat andauernd gesagt:

„Oh, wie schön! Wenn das Harry sehen könnte!"

Nun konnte er. Und Tante Margret und Onkel Alfred auch. Und – man stelle sich vor: sie sind ohne uns gefahren!

Meine beste Freundin Thomas

Es war am 50. Geburtstag meines Liebsten, als unser Onkel Alfred wieder einmal über einen großen Schatten springen musste. Man könnte auch sagen, dass er sich wieder einmal mit einem seiner Vorurteile auseinandersetzen musste.

Neben unseren Verwandten hatten wir zu dieser großen Feier auch Freunde und Kollegen eingeladen. Da sich alle diese Menschen zumindest aus unseren Erzählungen kannten, hatte ich sie alle mit einem Namensschild versehen, auf dem stand, wie immer wir sie in Gesprächen erwähnten. Es war ein sehr schönes und harmonisches Fest, das in Bad Soden-Salmünster, der vormaligen Heimat meines Mannes, stattfand. Alle lieben Menschen, die dort nicht zuhause waren, übernachteten in einem Hotel. Und am nächsten Morgen nahmen wir gemeinsam unser Frühstück ein, bevor sie sich alle wieder in alle Himmelsrichtungen davon machten.

Unter unseren Gästen war ein junger Kollege, der offenbar Onkel Alfreds Aufmerksamkeit erregt hatte. Er winkte mir und ich setzte mich zu ihm an den Frühstückstisch.

„Der Thomas, das ist ein Kollege von euch, oder?"

„Ja, Onkel Alfred."

„Der ist mit einem Mann da, oder?"

„Ja, Onkel Alfred. Das ist Wolfgang."

Der Onkel suchte offenbar nach den passenden Worten. Mir war schon klar, was jetzt kommen würde und ich dachte daran zurück, wie der Onkel einst meinen Bert in seinem Leben begrüßt hatte. Inzwischen war mein Onkel gegenüber Normabweichungen aber doch großzügiger geworden. Es gab also keinen Grund, einen Eklat zu befürchten. Thomas und Wolfgang waren ein paar Tische weiter mit einem unserer Neffen in ein Gespräch vertieft. Onkel Alfred holte tief Luft, sah mir ins Gesicht und wurde endlich die Frage los, die ihm wahrscheinlich schon seit gestern Abend auf der Seele brannte:

„Sag´ mal, haben die in einem Zimmer geschlafen?"

„Ja, Onkel Alfred, haben sie. Tun sie nämlich zuhause auch."

Der Onkel nickte bedächtig. Sein Blick schweifte durch den Raum, bevor er mir wieder in die Augen sah:

„Die sind...." Er brachte das Wort nicht über die Lippen und wirkte etwas hilflos.

„Ja, Onkel Alfred. Die sind schwul. Oder homosexuell könnte man auch sagen. Und wir haben sie sehr gern."

Onkel Alfred rührte etwas Milch in seinen Kaffee, den die Tante ihm gerade gereicht hatte. Er lächelte.

„Na ja, sie scheinen ja auch sehr nett zu sein. Und gut aussehen tun sie auch, gut und normal."

Jetzt musste ich auch lächeln.

„Ja, Onkel Alfred, da hast du wohl recht."

Ich gab ihm einen Kuss auf die Wange und widmete mich anderen Gästen.

Onkel Alfred und die Gesundheit

Das, was man heutzutage unter einem gesunden Lebensstil versteht, hat Onkel Alfred sein Leben lang eher nicht gepflegt. Er hat geraucht. Er hat sicher mehr Alkohol getrunken, als ihm guttat und er hat gerne und gut gegessen. Dass er dabei doch viele Jahre lang bei einer guten, kraftvollen Figur geblieben ist, war sicher seiner harten, körperlichen Arbeit zu verdanken.

Aber in seinen 50er Jahren musste er sich bereits einer großen Herz-Operation unterziehen, in deren Verlauf ihm mehrere Stents eingesetzt wurden. Ich weiß ja nicht, ob es ihm wirklich niemand gesagt hat oder ob er es einfach ignoriert hat. Seinen Lebensstil hat er nach dieser Operation jedenfalls nicht geändert. Außer, dass er irgendwann tatsächlich aufgehört hat, zu rauchen. Aber sein Alkoholkonsum änderte sich nicht. Er war nach wie vor stolz darauf, was er alles trinken konnte. Ein echter Kerl eben. Für Leute, die wenig oder keinen Alkohol tranken, hatte er nur Verachtung übrig. Waschlappen war noch das freundlichste Wort für solche Zeitgenossen. Wie meine liebe Tante das alles ausgehalten hat, ohne selbst zur Alkoholikerin zu werden, wird mir ewig ein Rätsel bleiben. Wahrscheinlich waren es ihre Freundinnen und der Sport, die ihr halfen, diese zuweilen schwere Zeit zu überstehen.

Anfang seiner 60er Jahre bemerkte Onkel Alfred einen deutlichen Rückgang seiner körperlichen Leistungsfähigkeit. Sein Rücken und seine Hüften schmerzen beinahe ständig. Er konnte nicht mehr lange und gut laufen. Auch das Fahrradfahren fiel ihm zunehmend schwerer. Und das Sitzen erst! Im Laufe der nächsten Jahre kaufte Tante Margret eine ganze Kollektion an Sesseln. Aber keiner verschaffte dem Onkel die erwünschte Erleichterung. Und die Ärzte hatten, außer Schmerzmitteln, auch keine Idee. Sie fanden keine Ursache für seine Schmerzen.

Auf Anraten der Ärzte reichte der Onkel vorzeitig die Rente ein. Während der ersten Jahre seines Rentnerdaseins hat er noch hin und wieder „schwarz" gearbeitet, aber schon bald ging auch das nicht mehr. Er wurde unzufrieden und zunehmend gereizter. Denn so etwas wie Hobbies kannte unser Onkel nicht. Für ihn bestand das Leben aus Arbeit, beruflich oder im Haus und im Garten. Dann immer mal wieder verreisen, mehr brauchte er nicht.

Jetzt saß er die meiste Zeit vor dem Fernseher, was seine körperlichen Beschwerden natürlich nicht verbesserte. Unseren Rat, sich zu bewegen, schlug er in den Wind. Er sei alt und krank und habe Schmerzen und damit basta! Die Tante stöhnte:

„So hatte ich mir den Ruhestand nicht vorgestellt!"

Ein letztes Aufbäumen des Onkels waren seine Motorräder. Onkelchen kaufte sich eine alte BMW und die dazugehörige Kluft, in der er uns bei einem unserer Besuche begrüßte. Er sah aus wie aus einer anderen Welt mit dem altmodischen Motorradhelm, aber seine Augen strahlten. Er machte Ausfahrten mit seinem Oldie-Club gleichgesinnter, älterer Herren und die Tante war froh, ihn wenigstens zeitweise weg vom Fernseher zu bekommen. Zur ersten gesellte sich bald eine zweite Maschine, die nun abwechselnd bewegt wurden.

Zu der Zeit versorgte der Onkel auch seinen schönen, großen Garten noch selbst. Aber es war nicht zu übersehen: der Onkel wurde alt. Zunächst legte er an Gewicht zu, was natürlich seinem Rücken und seiner Hüfte gar nicht gut bekam.

Dann aber hatten wir von Besuch zu Besuch weniger Onkel. Dadurch, dass er sich nur noch wenig bewegte, verlor er deutlich sichtbar an Muskelmasse. Er schien förmlich zu schrumpfen. Zunächst waren wir noch nicht wirklich beunruhigt. Er wurde eben älter, na und?

2004 fuhren wir nach Bremen, um Onkel Alfreds 70. Geburtstag zu feiern. Es war ein schöner, sonniger Tag. Tagsüber kamen viele liebe Gäste und der Onkel hielt Hof. Es wurde gegessen und getrunken, viel gelacht und in Erinnerungen geschwelgt. Ich hatte für den Onkel ein Gedicht geschrieben:

„70 Jahre sind eine lange Zeit".

Darin hatte ich verarbeitet, wie wir Beide uns mit den Jahren doch nähergekommen waren, trotz der anfänglichen Ablehnung meinerseits. Er las das Gedicht wieder und wieder. Spät am Abend saßen wir dann im engsten Kreis zusammen, Tante Margret, Onkel Alfred, Tante Erika und ihr Werner und mein Bert und ich. Immer wieder murmelte der Onkel die Anfangszeile meines Gedichtes: 70 Jahre sind eine lange Zeit. Dann ließ er ein volles Schnapsglas stehen und ging zu Bett. So etwas hatte ich bis dahin noch nie erlebt! Sollte man mit 70 doch endlich vernünftig werden? Gegen zwei Uhr morgens weckte mich die Tante:

„Komm bitte mal gucken. Onkel Alfred macht so komisch."

Onkel war ansprechbar und hauchte:

„Das ist nicht das Herz."

Er krampfte deutlich und ich fürchtete einen bevorstehenden Schlaganfall. Wir verständigten den Notarzt. Eine junge Ärztin erschien in Begleitung zweier recht kräftig aussehender Rettungsassistenten. Nach kurzer Untersuchung entschied sie, dass sie den Onkel zur Beobachtung mit in die Klinik nehmen würde. Es hatte etwas Groteskes. Tante und ich im Nachthemd, die beiden Rettungsassistenten führten Onkel Alfred im Bademantel vorsichtig die steile Treppe hinunter. Aus dem Gästezimmer kam Bert:

„Alfred, wo willst du hin? Und was sind das denn alles für Leute hier?"

Werner kam im Schlafanzug aus dem Wohnzimmer. Mit den Worten:

„Ich muss mal,"

öffnete er die Tür zum Heizungskeller. Ich konnte ihn davon überzeugen, die nächste Tür, die zum Badezimmer, zu nehmen. Es war komisch. Aber zum Lachen war uns nicht zumute.

Am folgenden Tag besuchten wir den Onkel im Krankenhaus. Er war ziemlich zerknirscht. Eine Ärztin hatte ihm gründlich die Leviten gelesen. Wie man denn in dem Alter derart verantwortungslos so viel Alkohol trinken könnte. Die Dame hätte unseren Onkel mal zu seinen Glanzzeiten erleben sollen!

Von da an ging der Onkel mit dem Alkohol tatsächlich etwas vorsichtiger um. Seinen persönlichen Swimmingpool hatte er zu der Zeit sicher auch ganz bestimmt schon geleert.

Dieses Debakel – rückblickend war es wirklich nur ein kleines – war der Anfang vom Ende. Von nun an ging es dem Onkel, jedes Mal wenn wir ihn sahen, etwas schlechter.

2005 starb meine Mama. Während ihrer letzten Zeit war ich sehr häufig tagelang zu Gast im Hause von Onkel und Tante. Zum Dank dafür haben mein Mann und ich die Beiden zu einem Urlaub am Lago Maggiore eingeladen. Bert hatte eine schöne, große Ferienwohnung mit zwei Schlafzimmern und zwei Bädern gebucht. Und in der Anlage gab es auch einen Swimmingpool. Unser Onkel Alfred, der zeit seines Lebens gerne geschwommen war, stand nun überwiegend in einer Ecke des Pools. Er bewegte sich nicht mehr viel. Das Laufen fiel ihm immer schwerer. Und dann saß er traurig auf einer Bank am See und sagte:

„Hier komme ich wohl nicht noch einmal her."

Mir wurde das Herz schwer. War es denn wirklich schon Zeit zum Abschiednehmen? Ja, Onkel und Tante waren deutlich älter geworden, aber es ging ihnen doch noch ganz gut, oder? Außer Rücken, Hüfte und Schulter war doch eigentlich alles in Ordnung.

Als wir von unseren Lago-Ferien zurück in Saarbrücken waren, hat das Onkelchen in unserem neuen Gästebett gar nicht gut geschlafen. Es sei sehr hart, sagte er. Der Rücken und die Hüfte täten ihm weh.

„Das ist doch kein Problem," sagte Bert,

„beim nächsten Mal schlaft ihr in unserem Bett und wir gehen ins Gästezimmer."

Onkel Alfred schüttelte den Kopf.

„Ich glaube nicht, dass ich noch einmal hierherkomme."

Bert konnte und wollte es nicht glauben. Ich befürchtete, dass der Onkel Recht haben könnte. Und so kam es auch. Im Juni 2006 waren Tante Margret und Onkel Alfred das letzte Mal bei uns in Saarbrücken.

Eine Ära geht zu Ende

Wenn wir in der folgenden Zeit in Bremen waren, hat Onkel Alfred immer noch dieselben alten Geschichten und Witze erzählt und sich wahrscheinlich sehr zusammengenommen. Aber es war leider nicht mehr zu übersehen. Es ging ihm schlechter und schlechter.

Es kam der Tag, an dem die Motorräder verkauft wurden, weil er sich nicht mehr traute, zu fahren. Im Haus und im Garten konnte er weniger und weniger tun. Die ganze Arbeit blieb an der Tante hängen, die ja auch schon lange nicht mehr die Allergesündeste war, was ihre Knochen betraf.

Und dann kam die Diagnose für den Onkel: Morbus Parkinson. Jetzt war natürlich vieles klarer und verständlicher. Wir versuchten, Onkel Alfred zu motivieren. Es gab doch Therapien und Selbsthilfe-Gruppen und sehr, sehr viele Menschen, die mit dieser Erkrankung – wenn auch eingeschränkt – noch viele gute Jahre hatten. Aber unser Onkel konnte und wollte sich weder auf die Therapie noch auf die Selbsthilfegruppe einlassen.

Was wird das mit ihm gemacht haben, als er merkte, was alles nicht mehr ging? In seinem Selbstverständnis war ja nur der etwas wert, der fleißig arbeitete. Und das konnte er nun nicht mehr. Heute glaube ich, dass Onkel Alfred wahrscheinlich gar nicht zum zufriedenen Rentner getaugt hätte. Ein gemächliches Rentnerdasein mit etwas Gartenarbeit und Reisen, ob ihm das wirklich jemals gereicht hätte? Nun jedenfalls haderte er mit seinem Schicksal. Seine Prioritäten waren nun sein Stuhlgang und die rechte Zeit für die Tabletteneinnahme. Die Tante litt und mir zerriss es fast das Herz.

Ich weiß nicht, welche Rolle der Alkohol bei der Entstehung von Morbus Parkinson spielt. Das aber die Menge, die unser Onkel im Laufe seines Lebens getrunken hatte, seiner Gesundheit nicht zuträglich war, stand für mich fest. Ich ärgerte mich über ihn! Meine geliebte Tante hatte es mit ihm weiß Gott schwer genug gehabt und jetzt im Alter noch dies! Ich war wütend und hätte ihm das manchmal auch gerne gesagt. Ich habe es nicht getan. Aber in das Lied: „das wird schon wieder" konnte und wollte ich auch nicht einfallen.

Einmal hat er mich angesehen und gesagt:

„Du hast immer gesagt, am Ende muss jeder seine Rechnung bezahlen. Jetzt bin ich dran, oder?"

Dazu konnte ich nur stumm nicken. Und er hat sie bezahlt, seine Rechnung, unser Onkel Alfred! Und wie er sie bezahlt hat!

Es kam die Zeit, da tat er mir nur noch leid und ich habe angefangen zu beten:

„Bitte, lieber Gott, lass es gut sein. Er hat doch genug gelitten. Und die Tante auch."

Ich kam fast um vor Sorge um meine Tante. Das erste Mal in meinem Leben bedauerte ich, Bremen verlassen zu haben. Ich war viel zu weit weg. Ich konnte nichts tun und fühlte mich entsetzlich hilflos.

Onkel Alfred hat immer gesagt, aus seinem Haus würde man ihn nur mit den Füssen voran herausbringen. Ich befürchtete mittlerweile allerdings, dass man die Tante vor ihm würde hinaustragen müssen. Wieder und wieder bat ich sie, das Haus zu verkaufen und nach einer Wohnung zu suchen. Ich mochte die Nachrichten von meiner Schwester nicht, die mir erzählte, sie hätte die Tante auf dem Dach des Schuppens angetroffen, wie sie versuchte, dort eine undichte Stelle zu beseitigen. Tante, warum rufst du keine Handwerker? Handwerker mit Reparaturarbeiten beauftragen? Das geht doch gar nicht! Wir haben immer alles selber gemacht!

Und dann hatte ich sie wohl doch genug genervt. Auf einmal ging alles sehr, sehr schnell. Sie suchte und fand eine kleine Wohnung in einer Seniorenresidenz und sie begann damit, das Haus auszuräumen, ganz allein. Onkel Alfred konnte oder wollte ihr vielleicht auch nicht dabei helfen. Ich glaube, dass er sehr wohl wusste, was die Uhr geschlagen hatte. Nach seiner Vorstellung war er nun sowohl machtlos als auch wertlos. Gott im Himmel! Wie muss er sich gefühlt haben und wie muss er gelitten haben! Aber hätte es eine andere Möglichkeit gegeben? Ich habe sie nicht gesehen und sonst wohl auch niemand. Und so kam der 75. Geburtstag der Tante, den wir im kleinen Kreis noch einmal im Hause von Tante und Onkel feierten. Dabei nahmen wir in gewissem Sinne Abschied vomHaus in der Rhadeland. Alle noch lebenden Kinder meiner Großeltern waren dabei: Tante Margret, Tante Hannelore, Tante Erika und als Überraschungsgast Onkel

Fredi, den ich seit der Beerdigung meines Vaters nicht mehr gesehen hatte. Nur Onkel Bubi fehlte. Wahrscheinlich war er zu diesem Zeitpunkt schon zu krank oder er wusste gar nichts von unserem kleinen Abschiedsfest. Es gibt so vieles in meiner Familie, was ich nie verstanden habe und auch wohl nie verstehen werde.

Am Nachmittag kamen Lotti und Christian mit ihrem Enkelchen zum Kaffee und Harry-Papa war auch bei uns.

Als Onkel Fredi sich später verabschiedete, bat er um den alten Hocker von Oma Sprute, den Tante Margret ihm ohne Zögern mitgab.

Ich habe noch am gleichen Abend gefragt, was denn aus der Einhorn-Dose werden würde. Sie stand immer auf dem Sims über dem Heizkörper im Esszimmer. Meist holte die Tante Streichhölzer und Teelichter heraus. Erstaunt fragte sie:

„Findest du die etwa schön?"

Ich weiß es nicht. Eigentlich sieht sie ziemlich kitschig aus. Aber immer, wenn ich das Haus betrat und meinen Platz am Esstisch einnahm, war sie da und fiel mir ins Auge. Für mich war sie zu einem Symbol für mein Zuhause in der Rhadeland geworden. Tante erzählte, dass die Dose das Geschenk einer Freundin sei und sie sie eigentlich gar nicht wirklich mögen würde.

Als wir kurze Zeit später wieder nach Bremen kamen um beim Umzug zu helfen, stand die Einhorn-Dose, mit Süßigkeiten gefüllt, auf meinem Nachttisch. Jetzt hat sie einen Ehrenplatz in meinem Haus und erinnert mich an schöne, vergangene Zeiten.

Und dann brach der letzte Tag im Haus in der Rhadeland an. Natürlich wollte ich an diesem Tag bei meiner Tante sein und mein Bert wollte mich an diesem Tag auch nicht alleine lassen. Tante Erika war zur Unterstützung aus Hamburg angerückt und nach einem letzten, gemeinsamen Frühstück begann der Umzugsstress. Onkel Alfred sollte diesen Tag in der Kurzzeitpflege verbringen und Tante Margret bereitete ihn vor. Was für ein bedauernswertes Bild unser Onkel an diesem Tag bot! Aus großen Augen, die in seinem abgemagerten Gesicht wirklich riesig aussahen, guckte er mit einer Mischung aus Verzweiflung und Unverständnis in die Welt. Leise hörten wir seine Stimme:

„Wo sind denn meine Schuhe? Und wo ist meine Uhr?"

Tante Margret wurde langsam ungeduldig. Tante Erika und ich versuchten, sie zu beruhigen:

„Mach dich nicht verrückt. Lass dir Zeit. Wir sind doch da."

Und dann führte Tante Margret unseren vordem großen, alten Brummbären, der mir jetzt traurig und hilflos wie ein Kind erschien, aus dem Haus. Mein Gott, Onkel Alfred, an dem Tag hätte jemand bei dir sein sollen und deine Hand halten. Aber daran hat, leider, keiner von uns gedacht.

Am Abend, als fast alles in der neuen Wohnung seinen Platz gefunden hatte, wurde Onkel Alfred aus der Kurzzeitpflege geholt. Er nahm in seinem Lieblingssessel Platz und sah sich um. Leise sagte er:

„Das ist nicht zuhause."

Wir versuchten, ihn zu trösten. Früher oder später würde das Zuhause werden, versprachen wir ihm. Was für ein

Blödsinn! Auch wenn es gut gemeint war. Unser Onkel Alfred hatte zum zweiten Mal seine Heimat verloren. Vielleicht hat sein Kopf den Grund noch verstanden, warum es so und nicht anders ging. Aber seine Seele?
An diesem Tag endete die Geschichte von unserem Zuhause in Bremen. Aber das realisierten Bert und ich erst, als wir die nächste Fahrt nach Bremen vorbereiteten.

Und das Schicksal nimmt seinen Lauf

Tante Margret hatte die neue Wohnung mit neuen, hellen und freundlichen Möbeln und Gardinen ausgestattet. Und sie genoss die Bewunderung und den Neid ihrer Freundinnen, die sie natürlich bald in ihrem neuen Domizil besuchen kamen. Sie freute sich darüber, dass sie sich jetzt gleich morgens fein anziehen konnte, weil der Hausmeister ja das Laub und den Schnee kehren musste. Gleichzeitig begann für sie aber eine schwere Zeit. Onkel Alfred wurde immer schwächer und hilfloser. Er brauchte mehr und mehr Unterstützung. Und Onkel Alfred richtig versorgen, dass konnte natürlich nur die Tante selbst, so die Meinung der Tante. Alles andere war zunächst für sie absolut undenkbar.

Es fiel ihr jetzt zunehmend schwerer, Zeit für sich, ihre Freundinnen und den Sport zu finden. Der Onkel musste regelmäßig und pünktlich seine Medikamente bekommen. Er brauchte Hilfe beim Aufstehen, beim Weg zur Toilette. Er musste zum Arzt, zum Frisör, zur Fußpflege gebracht werden. Für meine liebe Tante hatte die sicher schwerste Zeit ihres Lebens begonnen. Ihr Aktionskreis wurde enger und enger. Zu Anfang trug sie ihr Schicksal tapfer und in der Hoffnung, dass es ja vielleicht doch noch einmal besser werden würde. Aber nach und nach konnte niemand mehr daran vorbeisehen: es wurde nicht besser, ganz im Gegenteil. Wo es zunächst noch gute und weniger gute Tage gab, nahmen die schlechten Tage bald zu und unser Onkel wurde weniger und weniger. Auch die Tante alterte sichtbar. Die mit der Pflege von Onkel Alfred verbundenen Anstrengungen waren auf Dauer einfach zu viel für sie. Auch nachts bekam sie kaum noch Ruhe, weil der Onkel eben auch nachts auf die Toilette musste. Ich machte mir große Sorgen. Schließlich war meine geliebte Tante auch nicht mehr die Jüngste und die Gesündeste auch schon lange nicht mehr. Dem Onkel gegenüber schwankten meine Gefühle zwischen Hass, Verachtung und Mitleid. Ja, er war ein schwacher, alter, hilfloser, kranker Mann. Aber war er nicht zum Teil selbst schuld? Er hatte geraucht, gesoffen und der Tante das Leben zeitweise zur Hölle gemacht und bei Beginn seiner Erkrankung absolut nichts getan um seinen Zustand zu bessern. Keine Bewegung, keine Gymnastik, keine Selbsthilfegruppe. Immer nur noch mehr Tabletten und immer noch eine Operation. Und jedes Mal anschließend wurde es für die Tante noch schlimmer. Ich danke an dieser Stelle meiner Freundin Sonja. Sie sagte:

„Hör auf, auf ihn zu schimpfen. Das Ganze geht dich gar nichts an. Das ist ein Ding zwischen deiner Tante und ihrem Mann.“

Es hat lange gedauert, bis ich es verstand. Dann habe ich wieder angefangen zu beten:

„Bitte, lieber Gott. Schenke ihnen deinen Frieden.“

Ich hatte furchtbare Angst, meine Tante zu verlieren.

Das Leben meiner Tante war zu dieser Zeit in Abschnitte geteilt, die von der Tabletteneinnahme von Onkel Alfred, vom Zubettgehen und Aufstehen von Onkel Alfred und von seinen Toilettengängen bestimmt waren. Und das Ganze sowohl tagsüber als auch nachts. Lange hat es gedauert, bis Tante Margret professionelle Hilfe annahm. Ein Pfleger kam regelmäßig um Onkel Alfred zu duschen und beim Anziehen behilflich zu sein. Zwischendurch versuchte die Tante, den Onkel zu kleineren Spaziergängen zu bewegen und letztendlich schob sie ihn im Rollstuhl. Und das mit ihren Schultern, die ihr schon seit vielen Jahren schmerzhafte Beschwerden machten.

Durch den mangelnden Kontakt zu gesunden, fröhlichen und lebensbejahenden Menschen litt die Seele der Tante. Es gab keine Fahrten mehr mit dem Turnverein auf die Nordseeinseln, keine Ausflüge, keine Theater- und Konzertbesuche mit den Landfrauen. Am Ende fielen sogar Schwimmen und Turnen weg. Sie konnte und wollte Onkel Alfred einfach nicht mehr alleine lassen. Unseren Rat, den Onkel von Zeit zu Zeit in die Kurzzeitpflege zu geben um selber etwas aufzutanken, schlug sie in den Wind.

„Ich kann mich doch nicht amüsieren, während er hier krank und hilflos sitzt."

Das war es, was ich hörte, als ich sie bat, doch besser für sich zu sorgen. Wie sonst sollte sie – wer weiß wie lange noch – für Onkel Alfred sorgen können? Ich glaube, etwa zu jener Zeit haben Tante und Onkel realisiert, dass es keine Heilung bzw. Besserung mehr geben würde.

2012 schaffte es Onkel Alfred noch, die neue Wohnung meiner Schwester und das Haus meiner Nichte Franziska zu besuchen. Auch bewunderte er mein neues Auto. Und er trug Sorge dafür, dass in Franziskas Haus eine ordentliche Heizung eingebaut wurde.

2013 waren wir in Bremen, um Harry-Papas 80. Geburtstag zu feiern. Als wir den Onkel daran erinnerten, dass im nächsten Jahr sein 80. anstehen würde, sagte er nur leise:

„Da bin ich nicht mehr da."

Nein, Tante Margret und Onkel Alfred waren nicht auf der Party zu Harrys Geburtstag. Onkel Alfred ging es nicht gut und Tante Margret wollte ihn nicht alleine lassen. Da hätte sie ja sowieso keine Ruhe, sagte sie.

Ich hatte es mir zu dieser Zeit zur Gewohnheit gemacht, von Zeit zu Zeit am Sonntag mit meiner Tante zu telefonieren. Viel mehr als ihr zuhören und zu versuchen, sie ein bisschen aufzumuntern, konnte ich leider nicht tun. An ihrer Stimme konnte ich hören, dass es auch ihr zunehmend schlechter ging.

Und dann – endlich – teilte sie mir mit, dass sie den Onkel für sechs Wochen in die Kurzzeitpflege geben würde. Nein, sie wollte nicht verreisen. Sie wollte einfach wieder einmal ein paar Nächte hintereinander schlafen und in Ruhe zum Frisör gehen.

Und so bezog Onkel Alfred ein Zimmer im Pflegeheim, dass auf dem gleichen Grundstück wie die Seniorenresidenz liegt. Froh war er darüber natürlich nicht. Täglich fragte er, wann er wieder heimkönne.

Nachts konnte die Tante nun durchschlafen. Aber tagsüber machte sie sich den gleichen Stress wie zuvor. Sie brauchte ja auch nur über den Hof zu gehen um zu Onkel Alfred zu kommen. Sie half ihm beim Essen, achtete darauf, dass er regelmäßig seine Medikamente bekam und versuchte, mit ihm spazieren zu gehen. Für sich hatte sie die Zeit des Mittagsschlafs und die Nachtruhe. Sie erholte sich ein wenig. Aber wie der Name schon sagt, ist Kurzzeitpflege eine endliche Geschichte. Als die Hälfte der Zeit verstrichen war, telefonierte ich mit der Tante:

„Du wirst ihn doch wohl nicht wieder heimholen? Tante, das geht nicht mehr!"

Sie weinte.

„Was soll ich denn machen? Wenn er ins Pflegeheim muss, muss ich zuzahlen. Und dann die Wohnung. Die muss ich dann wohl aufgeben. Ich weiß nicht mehr weiter. Und dann guck dir mal an, wie es in diesen Pflegeheimen zugeht. Und das hier ist noch eines von den besseren. 30 Pflegefälle und 2 Leute! Du kannst es dir nicht vorstellen!"

Ich versuchte, sie zu trösten und versprach ihr, mich mal nach Alternativen umzusehen.

Und wieder geht ein Stück Heimat verloren

Im Internet wurde ich fündig. Es gab mehrere Pflegeheime, in denen Onkel Alfred die bestmögliche Pflege erhalten und die Tante eine kleine Wohnung in seiner Nähe beziehen könnte. Wir besprachen das Ganze am Telefon. Eine Lösung außerhalb des Bremer Stadtgebietes lehnte die Tante rundweg ab. Und so blieben zwei Möglichkeiten im Bremer Stadtteil Osterholz. Eine lag gleich auf der anderen Straßenseite ihrer jetzigen Wohnung. In dieser Einrichtung hätte sie sofort eine kleine Wohnung beziehen können und Onkel Alfred wäre auf die Warteliste des Pflegeheims gekommen. Ich vereinbarte einen Besuchstermin und fuhr nach Bremen. Tante Erika, die Gute, kam aus Hamburg zur Verstärkung und so machten wir drei uns auf die Suche nach einem neuen Zuhause für Onkel und Tante.

Die Wohnung, die der Tante in der besagten Einrichtung angeboten wurde, war wirklich sehr winzig. Dafür gab es ein umfangreiches Freizeitangebot und ein preisgünstiges Restaurant.

Die zweite Einrichtung befand sich in einer Hochhaussiedlung, die im Volksmund „Klein-Manhatten" genannt wird. Hier hätte Onkel Alfred sofort einen Platz in einer Pflege-Wohngemeinschaft haben können und die Tante wäre auf die Warteliste für eine kleine Wohnung gekommen. Da die Entfernung zwischen der jetzigen Wohnung von Onkel und Tante zur Pflegewohngemeinschaft nicht sehr groß war, schien das

Ganze eine bedenkenswerte Möglichkeit. Während der Wartezeit auf die neue Wohnung hätte Tante Margret nur wenige Minuten mit dem Auto zu Onkel Alfred gebraucht. Und selbst mit dem Bus wäre die Entfernung in einer knappen halben Stunde zu bewältigen. Diese Einrichtung schien uns die bestmögliche Lösung für Onkel Alfred und langfristig auch für die Tante zu sein.

Tante Margret überschlief das Ganze und am nächsten Tag unterschrieb sie die Vertragsunterlagen für die Übersiedlung von Onkel Alfred. Das war möglich, weil die Beiden – Gott sei Dank – beizeiten eine Vollmacht unterschrieben hatten, die es der Tante ermöglichte, Entscheidungen für den Onkel zu treffen. Tante Margret stand von da an auf der Warteliste für eine kleine 2-Zimmer-Wohnung in dieser Anlage. Als wir eine ähnliche Wohnung besichtigten, sah ich meine Tante zweifelnd an: „Bist du sicher, dass du hier wohnen möchtest?"

Ihre Antwort kam schnell und bestimmt.

„Ich glaube, dass es Onkel Alfred hier gut gehen wird und ich kann in seiner Nähe sein. Und bezahlen kann ich es auch. Und hier kann ich auch bleiben, wenn er mal nicht mehr ist. „

Dagegen war nichts zu sagen. Es fühlte sich für mich aber nicht wirklich gut an. Das hier passte so gar nicht zu meiner Tante. Aber das war meine Meinung, die ich zu dem Zeitpunkt für mich behielt. Für Onkel Alfred war das hier ganz gewiss die beste aller denkbaren Möglichkeiten. Nur, wer verkaufte ihm das? Tante Erika und ich boten Unterstützung an. Aber die Tante sagte, wie schon so oft:

„Das schaff´ ich schon."

An diesem Tag bat ich, als ich zurück zu meiner Schwester kam, bei der ich nun bei meinen Aufenthalten in Bremen wohnte, um einen Schnaps. Mein lieber Schwager Christian förderte aus irgendeiner Ecke eine Flasche Wodka zu Tage und ich trank zwei große Gläser. Gott im Himmel! Welch eine Woche! Keine Zeit für Harry, für Onkel Kurt und Tante Käthe, fürs Golfspielen. Nur das Onkelchen, das Schwache, das Hinfällige und die Tante, in einem Jahr um mehrere Jahre gealtert in ihrer stillen Verzweiflung und Traurigkeit. Und wie entsetzlich wenig kann man doch tun in einer solchen Situation, bei aller Liebe.

Onkel Alfred sollte am 15. September in sein neues Zuhause umziehen. Mein Bruder Rolf und Schwager Christian würden sich um seinen Transport sowie um die entsprechenden Möbel kümmern. Und der arme Onkel wusste noch immer nichts von alledem.

An meinem letzten Tag in Bremen fuhr ich ihn besuchen. Die Tante war bei ihm und flüsterte mir zu:

„Ich habe es ihm gerade gesagt."

Sie hatte Tränen in den Augen und war sichtlich aufgewühlt. Auch der Onkel war völlig aus dem Häuschen. Ich schilderte ihm sein neues Zuhause in den freundlichsten Farben. Aber er wollte nichts hören.

„Dann schlagt mich doch gleich tot!"

Das war alles, was er dazu sagte. Ich fragte ihn – noch immer ziemlich ruhig – ob er denn nicht verstehen könne, dass die Tante am Ende ihrer Kräfte wäre und ob er denn wolle, dass sie diese Welt vor ihm verlassen würde, wenn es noch eine Weile so weitergehen würde. Seine Antwort darauf war:

„Mir doch egal."

Ich atmete tief ein und setzte mich kerzengerade auf. Mir gingen ziemlich viele, ziemlich böse Gedanken durch den Kopf wie: ja, man sollte dich wirklich erschlagen. Vielleicht sollte man dich auch in das übelste Pflegeheim bringen, das zu finden ist und dafür sorgen, dass dich auch wirklich niemand mehr besucht. Ich atmete aus und griff nach seiner Hand, die ehemals so groß und so kraftvoll war. Jetzt fühlte sie sich zart und verletzlich an, wie ein welkes Blatt. Ich streichelte sie einen Augenblick und bemühte mich um innere Ruhe.

„Versteh´ doch, Onkel Alfred. Es geht einfach nicht mehr. Und da bist du wirklich gut aufgehoben. Wir wollen doch alle, dass es dir so gut wie möglich geht."

Er sah mich lange an. Ob er meine Gedanken lesen konnte? Schließlich sagte er:

„Dann soll es so sein."

Die Tante atmete hörbar erleichtert auf und auch mir fiel ein ziemlich großer Stein vom Herzen. Und dann sah ich zum letzten Mal das typische, verschmitzte Onkel-Alfred-Grinsen.

„Ich kann mich noch ganz schön aufplustern, nicht?"

„Ja, Onkelchen. Kannst du. Hilft aber leider nicht mehr."

Ich lächelte ihn liebevoll an und streichelte seine Wange. Er sah mir ins Gesicht und sagte:

„Was ist mit dem Bild?"

Ich verstand zunächst nicht, was er sagen wollte. Er meinte die Ostpreußen-Karte.

„Was soll damit sein? Möchtest du es hier bei dir haben?"

Er nickte. Tante und ich fanden einen Nagel an der Wand und versprachen ihm, dass Rolf oder Christian in den nächsten Tagen kommen würden, um das Bild für ihn aufzuhängen.

„Und da drüben?"

„Da wird es auch einen schönen Platz für dein Bild geben."

Er nickte zufrieden. Dann sah er mich wieder an.

„Und dann?"

Ich atmete tief durch.

„Wenn du diese Welt verlässt, dann geht das Bild zurück zu Tante Margret. Und wenn sie geht, dann kommt es zu Bert und mir. Und was dann kommt, Onkel Alfred, das weiß ich auch nicht."

Er nickte wieder. Und nach einer kleinen Weile sagte er: „Das ist gut so."

Bald darauf verabschiedete ich mich von Onkel und Tante. Am nächsten Tag wollte ich die Heimreise antreten. Tante Margret bedankte sich für meine Unterstützung. Ich wünschte, ich hätte mehr tun können. Und wie gut, dass man nie wirklich weiß, ob man einen Menschen noch einmal wiedersieht. An diesem Tag habe ich meinen Onkel Alfred das letzte Mal umarmt

Die letzte große Reise

Lotti hatte es prophezeit und sie sollte Recht behalten.

„Das geht nicht mehr lange," hatte sie gesagt als Onkel Alfred ins Pflegeheim zog.

Kurz nach dem Umzug musste der Onkel an der Blase operiert werden. Und wenig später wurden ihm in der Klinik mehrere vereiterte Zähne gezogen. Jeder dieser Eingriffe schwächte ihn noch mehr. Er wollte nicht mehr aus dem Bett aufstehen, er wollte nicht mehr essen, wahrscheinlich wollte er einfach gar nichts mehr. Und – dem Himmel sei Dank dafür – es gab Menschen in seiner Umgebung, die dies erkannten. Die Tante verweigerte ihre Zustimmung zu einem neuerlichen Klinikaufenthalt. Eine Mitarbeiterin der Pflegewohngemeinschaft hatte die entsprechende Ausbildung und Hospiz-Erfahrung. Und so wurden seine Schmerzen gelindert und ansonsten ließen sie unseren großen, alten Brummbären zufrieden. Bert und ich machten bereits Pläne für eine Bremen-Reise, denn nun war das Ende absehbar.

Am 21. November kamen Lotti und Christian für ein langes Wochenende nach Saarbrücken. War ja klar, dass es am Abend spät wurde. Wir sprachen darüber, dass wir spätestens um Weihnachten herum nach Bremen kommen würden.

Am folgenden Morgen waren wir, etwas später als sonst, mit den Vorbereitungen für das Frühstück beschäftigt, als das Telefon klingelte. Der Ton verriet uns, dass ein

Familienmitglied anrief. Bert sah auf das Display und ich sehe heute noch sein fassungslos-trauriges Gesicht:

„Das ist Tante Margret."

Er stand bewegungslos am Telefon. Wir wussten alle vier, was die Uhr geschlagen hatte. Lotti reagierte als Erste mit den Worten:

„Scheiße, ich hab´s gewusst."

Sie holte ihr Handy und rief sofort ihre Töchter an. Franziska hatte die passende Schicht und machte sich sofort auf den Weg. Sie arbeitete inzwischen als Krankenschwester, wie ihre Mutter. Auch Katharina bot Hilfe an. Sie arbeitete zu der Zeit in der Gastronomie und hatte frei. Während Lotti telefonierte, sammelte ich mich etwas und rief dann die Tante an. Ja, Onkel Alfred war in den frühen Morgenstunden friedlich eingeschlafen. Sie war gerade eben erst benachrichtigt worden und würde sich jetzt auf den Weg zu ihm machen. Die Mitarbeiterin der Pflege-Wohngemeinschaft hatte sie gestern Abend mit den Worten heimgeschickt:

„Gehen Sie nachhause, Frau Jauzdzus. Schlafen Sie. Sie können nichts tun. Wir passen auf ihn auf. Kommen sie morgen früh wieder."

Ich bot an, sofort loszufahren. Aber die gute Tante Erika war schon seit drei Tagen in Bremen und somit war die Tante nicht alleine. Das beruhigte mich. Da die Stimme der Tante aber doch etwas wacklig klang, versprach ich, später nochmal anzurufen.

Dann haben wir eine Kerze angezündet und waren auch etwas dankbar, dass unser Onkel nun doch seinen Frieden gefunden hatte. Ich weiß es nicht mehr genau, aber ich glaube schon, dass wir auch einen Schnaps auf sein Wohl und auf eine gute Reise in die andere Welt getrunken haben.

Als ich am Abend mit der Tante telefoniert, klang ihre Stimme schon wieder deutlich gefestigter. Sie hatte – wie immer – alles fest im Griff. Die Trauerfeier war für kommenden Freitag vorgesehen.

„Hab´ ich extra für euch so gemacht. Könnt ihr Donnerstag kommen und Samstag oder Sonntag wieder heimfahren."

So kenne ich meine Tante. Es mussten einige Termine verschoben und abgesagt werden. Und dann verabschiedeten wir unseren Onkel Alfred. Onkel und Tante hatten alles schon vor langer Zeit geplant, schriftlich fixiert und bezahlt. Nach der Verabschiedung trafen wir uns zum Tröster in einem Friedhofscafé. Es gab die unvermeidliche norddeutsche Hochzeitssuppe, belegte Brötchen und Butter- und Streuselkuchen. Nach zwei Tassen Kaffee und einem großen Glas Wasser meinte ich die Stimme meines Onkels zu hören, der eine seiner Lieblingsgeschichten erzählte, in der es letztendlich darum ging, dass es jetzt etwas zu trinken geben müsste:

„Mich dürstet,"

so sprach eine Schildkröte zur anderen auf dem Weg durch die große Wüste.

„Lass uns in die Oase gehen, etwas zu trinken."

Und sie liefen in Richtung der Oase. Sie liefen und liefen und liefen wohl so dreißig Tage lang, vielleicht auch mehr.

Und endlich erreichten sie die Oase und fanden das Gasthaus geöffnet. Sie nahmen an der Theke Platz. Da sagte die eine Schildkröte zu der anderen:

„Oh, ich sehe gerade, ich vergaß mein Becherchen. Ich gehe geschwind, es zu holen. Warte hier auf mich."

Ich bestellte beim Wirt ein Tablett mit Korn und reichte es herum mit den Worten:

„Ich denke, Onkel Alfred wäre empört, wenn ihm zu diesem Anlass kein Schnaps gereicht worden wäre."

Wir tranken auf sein Wohl und ich sah in viele lächelnde Gesichter. Die Geschichte mit „auf einem Bein kann man nicht stehen" und „dreimal ist Bremer Recht" habe ich an dieser Stelle allerdings nicht weiterverfolgt.

Onkel Alfred wurde auf eigenen Wunsch eingeäschert und später anonym auf dem entsprechenden Gräberfeld des Friedhofes in Bremen-Huckelriede beigesetzt.

Tja, Onkel Alfred. Nun sitzt du also an dem großen langen oder runden Tisch in der Anderwelt, an dem wir uns alle dermaleinst wiedersehen. Nun hören die, die dir vorausgegangen sind, deine Geschichten und Witzchen. Und uns fehlst du manchmal ganz schön. Wer sagt nun noch:

„Ich wollt ich wär`n Pog wo um de Eck könnt kieken" oder kündigt den beabsichtigten Friseurbesuch mit den Worten an:

„Wer ich mal gehen mir die Haar verschneiden lassen".

Als ich dann das nächste Mal alleine in Bremen war, habe ich den Friedhof gesucht und gefunden. Auf dem anonymen Gräberfeld ist deine Urne bestattet und wahrscheinlich auch die von Tante Hannelore und die von meiner lieben Muts, meiner Ex-Schwiegermutter. Ich habe drei Rosen für euch gekauft und mich auf eine Bank gesetzt um ein bisschen Zwiesprache mit euch zu halten. Es war ein schöner Tag. Auf der Wiese spielten Häschen und in den großen alten Bäumen rauschte der Wind. Es dämmerte schon, aber die Vögel zwitscherten noch. Alles war ruhig und friedlich. Kein Gedanke mehr an Leid und Schmerz. Ich hatte das Gefühl, dass ihr gut aufgehoben seid, wo immer ihr jetzt seid. Ich vergesse euch ganz bestimmt nicht, solange ich lebe.

Deine Geschichten, Onkel Alfred, leben weiter. Sie sind in unseren Herzen und in diesem Büchlein. Und mit ganz netten Menschen teilen wir sie immer wieder gerne. So wurden wir einmal ganz spontan zu Werners Geburtstag eingeladen. Keine große Sache, hatte er am Telefon gesagt. Ganz zwanglos bei mir im Garten, wer kommt, ist da. Nun fährt man natürlich nicht ohne ein Geschenk zum Geburtstag eines lieben Freundes. In unserem Keller fand sich noch eine Flasche Pillkaller, der Metzger hatte noch geöffnet und ein Ring der guten Pfälzer Leberwurst war auch zu haben. Senf ist ja in jeder anständigen Küche immer vorrätig. Da gab es also am Abend von Werners Geburtstag in Groß-Gerau für ihn und seine Freunde Pillkaller, wie es sich gehört. Ich bereitete die Gläser in der Küche vor: Pillkaller, eine dicke Scheibe Leberwurst und ein Hütchen Senf obendrauf, genauso wie du es mir beigebracht hast.

Natürlich habe ich auch das schöne Gedicht aufgesagt:

Der Pillkaller

Dort, wo das Land Litauen an Deutschlands
Grenzen rührt,
wo man auf Flur und Auen noch Luchs und Elche
spürt,
da liegt, berühmt vor allem, was je der Volksmund
pries,
das freundliche Pillkallen, ein Zecherparadies.
Es lästern böse Zungen, dort säuft der Mensch
wie´s Pferd,
doch wen der Durst bezwungen, solch Reden
wenig stört.
Wohl trinkt man gut und reichlich, auch etwas
starken Sprit.
Nun ja, man ist nicht weichlich und braucht was
für´s Gemüt.
Denn eisig kalte Winde weh´n dort, jahraus
jahrein.
Da darf fürwahr gelinde der Abendtrunk nicht sein.
Da braucht man scharfe Sachen, da wird auch
scharf gezecht,
da gibt´s dann nichts zu lachen, und was man
trinkt ist echt.
Oh Fremdling, der du schüchtern dem Städtchen
dich genaht,
nicht lange bleibst du nüchtern, hier hat der
Schnaps Format!
Du hast in allen Gauen der Schnäpse viel probiert

und nun erfasst dich Grauen? Nur lustig, nicht
geziert!
Denn hier die Krone aller, hast du noch nicht
geschluckt:
Den richtigen Pillkaller, das Heimatkunstprodukt.
Es glänzt in lichter Schale so hell der Doppelkorn,
der reine, ideale, wahrhaft´ge Lebensborn!
Darüber liegt die Scheibe der fetten Leberwurst.
Es lacht das Herz im Leibe, zur Andacht wird der
Durst.
Und obenauf ein Häufchen vom gelben Mostrich
gold,
oh seeliger Besänftiger, wie lockst du lieb und
hold.
Der Mann, der dich erdachte, Pillkaller, das ist
wahr,
der wusste was er machte:
Nektar und Ambrosia.
Der hat kein schlecht´ Verdauung, keine Not,
der schuf das echte, rechte, ostpreuß´sche
Abendbrot.
Nun, Fremdling, auf die Zunge die Wurst leg mit
Bedacht,
den Korn mit kühnem Schwunge gieß´ über, nicht
zu sacht.
Und schlubberts durch die Gurgel, Erbarmung, wie
geschmiert.
Im Darm ist ein Gewurgel, gib acht, dass nichts
passiert!

Und wenn du das nun künftig kannst zehn-, elf-,
zwölfmal tun,
dann bist du hier erst zünftig, Freundchen, und
auch duhn.
Nun Prosit! Greif´ zum Glase, stoß´ an und werde
hart,
begieße dir die Nase nach echt Pillkaller Art.

Das kam bei Werner und seinen Freunden wirklich sehr
gut an! Wir tranken auf Werners und dein Wohl, Onkel
Alfred. Alle waren sich einig: so einen Onkel hätten sie
auch gerne gehabt.
Wie schön, dass es dich gegeben hat und dass wir dich
haben durften.

Und Tante Margret?

Ganz bestimmt hat Onkel Alfred der Tante gefehlt! Wenn man so viele Jahre miteinander verbracht hat, ist es sicher so, dass einfach ein Teil von einem selbst fehlt, wenn der Partner die Welt verlässt. Tante Margret hat sich relativ schnell wieder gefangen, zumindest, wenn man die Sache von außen betrachtet. Wie sehr sie gelitten und getrauert hat, das hat sie niemanden von uns wissen lassen. Sie zog aus der großen Wohnung in eine kleinere innerhalb der Seniorenresidenz um und richtete sich in ihrem neuen Leben ein. Ja, nun war sie alleine, einerseits. Andrerseits war sie wieder frei und diese Freiheit begann sie recht bald zu genießen. Es war wieder Zeit zum Spielen mit Freundinnen, und auch zu kleineren Reisen.

Meine Tante war und ist mir ein gutes Beispiel dafür, wie man sein Leben auch im fortgeschrittenen Alter noch genießen kann. Sicher, das Eine oder Andere wollte der Körper nicht mehr mitmachen. Aber es gab immer noch so vieles was die Tante interessierte und es war schön zu hören:

„Letzte Woche haben wir eine Busfahrt gemacht. Wir waren Spargel essen. Nächste Woche wollen wir den Auftritt eines Shantychores in Cuxhaven besuchen. Kommt man ja ganz gut mit dem Zug hin."

Sie und ihre Freundinnen, Tante Helga und Maria, waren und sind zusammen viel unterwegs. Manchmal ist auch Tante Erika dabei. Die Damen fuhren zu Konzerten in die Bremer Glocke oder in die Stadthalle. Sie machten zusammen Urlaub an der Ostsee und genossen ihr Leben. Und das hatten sie sich wahrhaftig alle drei verdient!

Und ich war auch froh. Denn als der Onkel starb habe ich wieder gebetet:

„Bitte lieber Gott, schenke ihr noch ein paar schöne Jahre. Sie hat es wirklich verdient!"

Manchmal werden Gebete erhört. Ist das nicht schön?!

Während ich dieses schreibe (im Juni 2023) ist die Tante nach wie vor guter Dinge. Ich weiß das, weil ich gerade vor einer guten Stunde mit ihr telefoniert habe. Ja, die Exkursionen sind weniger geworden, das Laufen fällt schwerer und inzwischen hat sie sich auch an den Gebrauch eines Rollators und eines Spazierstocks gewöhnt. Von Zeit zu Zeit bestelle ich bei Amazon für sie neue Ohren (Batterien für ihr Hörgerat). Aber ansonsten ist sie für ihr Alter erstaunlich gut beieinander. Ich hoffe, dass das noch lange so bleibt!

Danksagung

Danke ist ein sehr wichtiges Wort! Und Dank gebührt so vielen lieben Menschen!

Einige von ihnen möchte ich aufzählen. Nein, diese Liste kann gar nicht vollständig sein, sonst wäre sie ein eigenes Buch.

Ich danke:

- meinen Eltern und Großeltern dafür, dass sie mich in die Welt gebracht haben und mir ihr sonniges Gemüt und die Freude am Erzählen geschenkt haben
- Tante Margret und Onkel Alfred für alles, was sie für mich waren und noch sind. Und für alles, was ich mit ihnen und durch sie lernen durfte.
- meinem lieben Mann, der mich und meine große Familie freundlich und geduldig aushält, jedenfalls meistens.
- meinen Geschwistern dafür, dass sie einfach da sind und mich ermuntert haben, die alten Geschichten aufzuschreiben.
- Christine Angermayer, die mir geholfen hat, meinen Schreibmuskel zu entdecken und die ihn immer wieder wachgekitzelt, wenn er zu erlahmen droht.
- Martina Seidel, liebenswerte aber unbarmherzige Kritikerin meiner Texte in Sachen Grammatik und druckfähiger Darstellung

Bezugsquelle Pillkaller

Und falls Sie nun Lust bekommen haben, auch einmal einen Pillkaller zu trinken, den kann man kaufen bei der Destillerie Wiersbitzki

www.trakehner-blut.de

Aber Vorsicht! Mehr als ein Gläschen auf einmal ist für Nicht-Ostpreußen nicht sehr bekömmlich!